작가정신
소 설 향
0 1 7

체리
라썸

작 가 정 신
소  설  향
체리브라썸  ⓒ 이청해, 2002

· 초판 1쇄 인쇄일 | 2002년 6월 25일 · 초판 1쇄 발행일 | 2002년 7월 1일
· 지은이 | 이청해 · 펴낸이 | 박진숙 · 펴낸곳 | 작가정신
121-210 서울시 마포구 서교동 362-16 개나리빌딩 5층
· 전화 (02)335-2854 · 팩스 (02)335-2855 · 이메일 jakka@unitel.co.kr
· 홈페이지 www.jakka.co.kr · 출판등록 1987년 11월 14일 제1-537 호
 ISBN 89-7288-172-4 03810 , ISBN 89-7288-092-2 (세트)

작가정신
소 설 향
0 1 7

# 체리부라썸

이청해

작가
정신

분곽 뒤에서 '체리브라썸'이라는 단어를 보았을 때 이마로 신선한 바람 같은 것이 스쳐 지나가며 가슴이 화사해졌었다. '황색 1호' '살색 3호'라고 하는 대신 색깔 이름을 이렇게 짓는구나 감탄했던 것이다. 그 느낌이 늘 가슴속에 남아 있었다. 그래서 아마 이런 소설을 쓰게 되었나 보다. 남녀간의 우정을 생각하게 되었을 때 돌연 그 단어가 떠오르며 벚꽃이 화사하게 만개한 어떤 세계가 연상되었던 것이다. 사람과 사람 사이의 모든 관계가 확 피어난, 남녀 사이의 우정도 아무 제약 없이 만개한 그런 상태 말이다.

## :: 작가의 말

남자와 여자 사이의 우정이 정말로 가능하냐에 대해서는 논의들이 많다. 확실한 것은 이성 친구 사이에는 동성 친구 사이에서는 맛볼 수 없는 활력이나 생기 같은 게 있다는 사실이다. 미혼 남녀들이야 우정이 사랑으로 변한다 한들 걱정할 게 없다. 나는 우선 결혼한 여자의, 아니 결혼하려는 여자의 이성 친구에 대해서 꿈꾸어보았다. 언젠가는 그 반대의 경우도 써보고 싶다. 아마도 양상이 다르겠지만.

2002년 초여름
이 청 해

차례

# 수선화

몇 걸음 앞에 동희가 걸어가고 있었다. 나는 뛰어가서 그녀의 어깨를 잡았다.

"언제 나왔어? 지금 집에 가는 거야?"

동희가 돌아보던 얼굴 그대로 고개를 끄덕였다. 우리는 지금 반창회가 끝나고 이차, 삼차를 거쳐 각자 나오는 길이었다. 인터넷 사이트 '아이 러브 스쿨'에 들어가본 것이 지난달이었다. 그동안은, 과거의 나를 아는 친구들을 피해왔었다. 여자 친구들도 예외는 아니었다. 그러나 오랜 시간 혼자 있게 되자 신체의 생리 구조가 이상해진다는 느낌이 왔다. 우선 뇌에 구멍이 숭숭 나서 (실제로 그럴 수 있는지는 의문이지만) 몸의 각 신경계로 전달되는 명령이 자꾸 끊어지거나 빗나가는 것 같았고, 그 결과 사지의 움직임이 느닷없이 엉뚱해지거나 느려졌다. 나는 다리를 질질 끌며 멍한 머리로 생각하곤 했다. 나는 지금 어떤 상태인가. 결국 나라는 인간은 남들로부터 진단된다는 자각이 언뜻 들었다. 몸 안의 상태는 의사가 차트에 적어넣을 것이고, 몸 밖의 상태는 나를 알고 있는 타인들이 결정해 정의할 사항이었다. 나 혼자 아무리 고집해봐야 내 생각대로 고정되는 게 아니었다. 나는 망설이다가 '아이 러브 스쿨'에 들어갔고, 가입하고 얼마 안 되어 모임을 갖자는 공지가 올라왔으며, 바로 어제 학습부장이었던 주희한테서 꼭 나오라는 전갈을 받았던 것이다.

나는 동희와 나란히 걷는다. 걸으면서 그녀의 얼굴을 자주자주 훔쳐본다. 옆으로 갸름한 눈, 자그마하고 귀여운 코, 윤곽선이 뚜렷한 입술…… 인상은 사뭇 변했지만, 성형수술을 한 것 같지는 않았다. 언젠가 선운사에 가서 본 수선화가 눈앞에 스쳐 지나갔다.

삼월이었는지 사월이었는지 확실치 않지만 선운사 뒤편의 동백숲에는 동백꽃이 한창 피어 있었고, 대웅전 옆 돌 틈에는 키 작은 수선화들이 여릿여릿 찬바람에 나부끼고 있었다. 아직 추운데 저리도 여린 꽃들이 잘도 피어 있네 하며 그 앞에 무심히

서 있던 기억이 있다. 아내는 나를 남겨두고 곧장 동백숲으로 올라가 바닥에 떨어진 꽃들을 주워 레이를 만들어 목에 걸었었다. 새빨갛고 탐스러운 꽃목걸이가 이목구비가 뚜렷한 아내의 얼굴 아래서 정열적으로 빛났고, 보는 사람마다 그 도발적인 아름다움에 탄성을 내질렀다. 그때만 해도 아내는 빨간 동백꽃 이미지로 카르멘처럼 내게 자랑스러웠다. 그러나 절을 나와 주차장까지 걸어갔을 때, 동백꽃 꼭지에서는 꿀물들이 흘러나와 아내의 옷을 질펀하게 망쳐버렸고, 농탕한 정액처럼 그것은 오래오래 끈끈한 기억을 남겼다.

그러나 수선화는, 동백꽃의 강렬함과는 비교도 할 수 없을 만큼 나붓나붓 연약했는데도, 그 노란 색감이나 얇은 꽃잎파리들, 가녀리게 바람에 흔들리던 모습, 잡초 사이 돌 틈에 뿌리내린 잎사귀들의 생명력 같은 것이 또렷이 의식에 남아 있다. 이상한 일이다.

더 이상한 것은 동희의 밋밋한 얼굴을 마주 보는 순간 왜 그 수선화가 떠올랐는지 모를 일이었다. 내가 댓바람에 동희에게로 뛰어와서 어깨를 잡은 것도 사실 이상하긴 했다. 요즘의 나는 이런 행동을 하지 않았었다. 어느 누구한테도.

나는 다소 생소한 나 자신을 버석하게 느끼며 그녀와 함께 횡

단보도를 건넜다.

"차 한잔 하고 가지 않을래?"

말을 해놓고서야 나는 또 놀랐다. 쏟아놓은 말을 추스르지 못해 우물쭈물하고 있는 사이 그녀가 손목을 들어 시계를 보았다.

"택시 타고 가면 되잖아."

나는 또 그렇게 권유했다. 열두 시가 다 되었기 때문이다. 그녀는 약간 망설이는 듯하더니, 머리를 끄덕였다. 우리는 새벽녘까지 영업을 하는 카페로 들어갔다.

테이블에 마주 앉아서 맥주와 칵테일을 시켰다.

나는 새삼스럽게 그녀를 마주 바라다본다. 홀 안을 떠도는 담배 연기 때문인가. 갸름한 그녀의 얼굴은 짙은 안개나 연기로 뒤덮여 있는 그림 속 주인공 같다. 슬쩍 붓놀림을 한 단순한 형상처럼, 구체적이지는 않지만, 신비하고도 아련한 뭔가가 있어 보인다. 수선화가, 노란 잔상이 아물거린다. 이제야 나는 그녀가 연노랑 스웨터를 입고 있는 것을 발견한다. 몸에 꼭 붙는 하프코트 안에 그녀는 노란 스웨터와 흰 바지를 입고 있었다. 코트의 앞섶을 열어놓아 노란 빛깔이 슬쩍슬쩍 보였었으리라. 앉은 자세가 된 지금은 코트가 완전히 벌어져 스웨터의 앞부분이 거의 다 보인다. 브래지어의 모습까지 짐작될 정도로. 그녀는 요즘 유행하는 스펀지가 **빵빵한** 브래지어를 입지 않았고, 짐작컨대 체격에 비해 유방이 컸다. 그것을 탄력 있는 싸개로 신경 써서 조이고 있는 눈치였다.

"신화여중 갔던가?"

나는 그렇게 옛날로 내려간다.

"응."

그녀의 대답은 거기서 그친다. 하긴 어린 시절이 그녀에게는 기억하기 싫은 상처일 것이다. 육학년 때의 모습과는 백팔십도로 변한 오늘의 매무새를 보고 아까 반창회에서 아이들은 혀를 내둘렀었다. 그녀는 그 시절 자기 이름으로 불리지 못하고 '똥희', 또는 '금똥'으로 불렸었다. 이름이 김동희였으니까. 그러나 이름 때문만이라고 하는 것은 정확치 않다. 그 별명은 아이들 사이에서 자연스럽게 생성된 것이 아니었다. 거의 전적으로 그 뚱뚱한 담임 선생님에게서 비롯되었을 것이다. 늙은 꽃뱀처럼 화려하고 뭉글뭉글하며 거만한 사십대의 그 여자는 누구도 이해할 수 없을 만큼 동희를 미워했다. 인정머리라곤 약에 쓸래도 찾아볼 수 없는 여자였다. 그 여자의 속 안에 무엇이 꿈틀거리고 있었는지 우리는 모른다. 어쨌든 오만하고 탐욕스런 그 여자는 오직 동희를 미워하고 능멸하는 재미로 살았는데, 지금까지 동화

책에서 본 동서양의 어떤 계모나 마귀 할멈보다 더 심했다. 동희의 아버지는 포장마차 주점을 했다. 그 포장마차는 우리가 살던 아파트촌의 7단지 뒤에 있었다. 아내가 도망가고 없는 동희의 아버지는 열세 살인 동희를 데려다 새벽 세 시나 네 시까지 일을 시켰다. 밤새도록 포장마차에서 설거지와 심부름을 하고 뒷정리까지 마친 뒤 등교한 동희는 날이면 날마다 책상에 엎드려 잠을 잤다. 첫째 시간이고 둘째 시간이고 점심 시간이고 세상 모르고 곯아떨어져 잤다. 그런 동희를 담임 선생님은 오며 가며 발로 걷어찼고, 더러운 머리나 불어터진 손매를 자로 탁탁 때렸으며, 거친 숨소리를 내는 입이며 코를 꼬집고 쥐어박았다. 그녀는 동희를 미워하다 못해 증오했고, 그런 물건이 우리 반에 있다는 것 자체가 혐오스러워 미치겠다는 듯 발작을 일으키곤 했다. 아이들이 보기에도 교사의 자질이 없는 여자였고, 인간으로서도, 여자로서도 정말 자격 미달이었다. 그런데도 아이들은 선생님을 적극 따랐고, 선생님보다도 더 동희를 깔봄으로써 선생님의 은혜에 보답했다. 나는 그때 반장이었었다. 물론 치맛바람으로 유명한 우리 어머니의 콧김 덕분이었지만. 아이들 사이에 섞여 동희를 '바보덩신'이라고 놀려대면서도 나는 마음 한편에서 알지 못할 죄책감을 느꼈던 것 같다. 아마도 선생님 대신 반장으로서,

육학년 삼반의 리더로서 말이다. 선생님 안에 도사리고 있는 짐승이 언제 또 으르렁댈지 몰라 조마조마했던 적이 한두 번이 아니었다.

아까 길에서, 앞서 가던 동희의 어깨를 스스럼없이 잡았던 것도 아마 그런 정서가 남아 있어서였는지도 모른다. 뭔가 해주어야 한다는…… 선의에 대한…….

우리 사이에는 아직도 이렇게 야릇한 역학 관계가 작용하고 있는 것이다. 늙은 꽃뱀 선생님과 아이들과 동희 사이의…… 그런 구도가 완전히 소멸됐다고 보기는 어려웠다. 물론 세월이 흘렀고, 동희는 이렇게 화사하게 성장했고, 멋쟁이가 되었지만, 그 관계의 역학 위에서 우리들은 대좌한 것이나 다름없다. 사람은 사회적 동물이라니까. 관계란 과거의 축적 위에서 이루어질 수밖에 없으니까.

그래서 나 또한 이렇게 마음이 편안한 것인지도 모른다. 옛날 하인을 만났을 때처럼.

"고등학교는 어디 다녔어?"

나는 그녀의 눈을 바라보며 다시 묻는다. 중학교에 진학해서도 여전히 그렇게 잠만 잤고, 이번에는 '미친개'라고 불리는 학생과장 선생이라든지 체육주임 선생으로부터 여전히 무지하게 두드려 맞았다는 얘기를 그 학교의 여자애들한테서 전해 들었었다.

"고등학교는 다른 데로 갔어. 이사를 갔거든. 젬마여고라고. 아마 모를 거야."

그녀의 얼굴이 조금 밝아졌다.

"거긴 좋았어?"

나는 그녀의 얼굴을 여전히 주시한다. 어떻게 해서 오늘의 그녀가 있을 수 있는지 궁금하다.

"응, 괜찮았어. 중학교 때도 초등학교 때보다는 나았지. 이해해주는 선생님이 있었으니까. 젬마여고에서는 아주 좋은 선생님을 만났어. 거긴 카톨릭 학교고, 선생님은 수녀님이야. 그 선생님이 날 기숙사에 넣어주시고 내 앞날을 열어주셨어."

아아 그랬구나, 하는 감상이 내 가슴 위로 지나갔다.

"나 결혼했던 거 알아?"

불현듯 말이 그렇게 나갔다.

"결혼했던 거? 무슨 말이 그래?"

"과거니까."

"과거? 그럼 지금은 아니야?"

"응."

나는 웃었다. 그녀는 캐묻지 않았다. 나를 한 번 탄력 있게 쳐다봤을 뿐이다. 와이프가 가출한 거 있지…… 입술이 그렇게 움직이는 걸 간신히 참았다. 그건 너무 경박했다. 오늘 처음 만난 초등학교 동창한테 할 말이 아닌 것이다.

그러나 기분은 매우 가벼웠다.

그녀한테는 내 치부를, 약점을 전부 보일 수도, 말할 수도 있을 것 같았다. 하인이니까.

"남자 친구 있니?"

나는 그녀를 곧장 건너다보며 물었다. 설마 없으려니 생각하면서.

"결혼할 사람…… 있어."

"결혼할 사람이?"

의외였다. 결혼할 사람까지 있단 말인가?

"뭘 그렇게 놀라? 넌 이미 했다면서."

"그래, 그렇지."

나는 겨우 내 감정을 주워 담았다. 우리 모두 스물아홉이 아닌가. 무슨 말이든 하긴 해야겠는데, 적당한 말이 생각나지 않았다. 그때 뚱딴지같이 그녀가 물어왔다.

"너, 〈내 남자 친구의 결혼식〉이라는 영화 봤니?"

머리가 핑그르르 돌았다. 고백하건대 나는 영화통이 아니다.

그러나 그 영화는 본 것 같다. 입이 큰 줄리아 로버츠가 자기 남자 친구의 결혼식날 이리 뛰고 저리 뛰며 울고불고하던 것이 생각난다. 내용은 정확히 기억나지 않지만.

"본 것 같은데. 왜?"

"거기 주인공 남자말고 조연으로 나온 남자 알아? 줄리아 로버츠의 직장 상사. 편집장인가? 왜 게이로 나오는……."

키가 크고 건들건들하던 남자가 어렴풋이 떠올랐다.

"알아. 휴대폰으로 줄리아 로버츠에게 이렇게 저렇게 하라고 계속 부추기던 남자. 그런 남자가 좋아?"

"아니. 그런 관계가 부러워."

"그런 관계가?"

나는 또 머리를 핑그르르 돌렸다. 그런 관계라니? 그녀가 무엇을 말하는 것인지 알 수 없었다. 줄리아 로버츠와 직장 상사…….

"니 친구 중에 혹시 게이 없어?"

그녀의 눈이 진지하게 건너왔다.

"게이라고? 영화에서처럼? 남자들끼리 연애하는 그런 게이 말야?"

"응."

"있지. 있지만……."

나는 희만이를 떠올렸다. 녀석은 이 년 전 비밀이 들통나 그를 알고 있는 모든 사람들에게 실망을 안겨주고 부모에게는 하늘이 무너지는 충격을 주었다. 나야 물론 진작부터 알고 있었지만. 어쨌건 가족들은 지금까지도 치유 못할 혼란 속에 떠내려가는 것 같았다. 말이 그렇지 여기는 미국도, 홍콩도 아니었다. 커밍아웃 한 연예인도 있긴 하지만…… 이건 아무튼 미묘한 문제였다.

"소개해줄 수 있어?"

그녀의 눈길이 내 동공을 뚫고 깊게 들어왔다. 가슴 밑이 화끈했다.

"게이를? 게이를 말야? 왜?"

나는 더듬거리며 궁지에 몰려 침을 삼켰다. 뿌연 담배 연기 속에서 노란 신비함이 세차게 흔들렸다.

# 꿈

잠이 오지 않았다. 게이를 소개해달라니? 어딘가가 석연치 않았다. 물론 의도야 알아들었다. 줄리아 로버츠와 그 직장 상사처럼…… 그러나 그건 영화가 아닌가. 그것도 미국 영화. 우리 사회에서도 그런 관계가 용인되는지 생각해봐야 할 것 같았다.

술이 취해서, 시간이 두 시를 넘고 있어서 우리는 횡설수설 주고받는 채로 카페를 나왔다. 동희는 전혀 취하지 않은 듯했다. 합정동인가 어디에 산다고 해서 길을 건너가서 택시를 잡아주려는데, 한사코 나보고 먼저 가라고 했다. 나는 그녀에 떠밀려 결국 먼저 타고 왔다.

아무것도 정리가 되지 않는다. 이 밤시간에 그녀는 또 혼자 다른 델 가려고 했을까? 애인을 만나려고? 애인이라고 하지 않고 왜 '결혼할 사람'이라고 했을까? 그건 무슨 뜻인가? 왜 줄리아 로버츠의 직장 상사 같은 남자가 또 필요하단 말인가?

……개인적인 일이야. 그 사람한테는 해가 되지 않을 거야.

그녀는 그렇게 덧붙였다. 그러니까 상대인 게이한테는 해가 되지 않는다는 말이다. 해가 되지 않으면 득이 되려나? 아니면?

갈비집에서('성수갈비'가 반창회 장소였다) 자기 소개를 할 때 의류회사에 다닌다고 했던 것이 떠올랐다. 의류회사…… 어디라고 했던가? 꽤 알려진 회사였었다. 참, 받아둔 명함이 있긴 하다. 내일 아침에 지갑에서 빼보면 확실히 알 수 있을 것이다. 의류회사에 다녀서 외모가 그렇게 말끔한 것인지도 모른다. 아무래도 그 방면에 노상 신경 쓸 테니까. 아마 디자이너 같은 것이리라. 그렇다면 혹시 게이의 옷을 만들려는 걸까? 약간 드레시한 남자 옷?

취기가 나른하게 팔다리를 찍어 누른다.

엉뚱한 상상이 굴렁쇠처럼 굴러간다. 특히 그녀의 성적 취향에 대해서. 그녀가 남자들과 여러 자세로 끌어안고 있는 모습이 보인다. 윤곽선이 뚜렷한 입술이 위쪽에서, 그리고 아래쪽에서 남자를 향해 그윽하게, 또는 강렬하게 키스를 한다…….

나는 오른손을 파자마 안으로 넣는다.

그녀와 그녀의 남자 사이에 무슨 문제가 있을 거라는 확신이
든다. 줄리아 로버츠와 직장 상사 운운한 것은 핑계가 아닐까?
나와는 초면이라 차마 사실을 고백하지 못한 것인지도 모른다.
그렇다면 대체 어떤 문제가 있길래 여자애가 남자한테 게이를
소개해달라고 했을까? 십육 년 만에 만난 남자 동창인 나한테?
혹시 자기 남자 친구의 동성 애인을 만들어주려는 걸까? 그가 바
이(양성애자)라서? 그러면서도 그를 어쩔 수 없이 사랑한다? 아
니면 어떤 사정이 있을 수 있을까?

아무리 궁리해봐도 가능성의 조합이 정돈되지 않는다.

머리가 어질어질하다.

내일 〈내 남자 친구의 결혼식〉을 다시 빌려다 봐야겠다.


아슴아슴 잠이 밀려온다. 내 머리통이 파도에 떠밀리며 흔들
흔들 흘러간다. 온갖 영상이 어지럽게 뒤섞인다. 동백꽃 다발을
목에 건 아내, 갈비를 뜯고 있는 동창생들, 몰라보게 변한 주희,
수정이, 혜원이…… 노란 스웨터를 입은 동희……. 시네마 천국
을 보는 것 같다. 나는 뒤척인다. 몇몇 여자애들은 내게 콧소리
를 섞어 들척지근한 소리를 건넸었다. 상추쌈을 싸서 억지로 입

에 넣어준 애도 있었다. 그 이유를 생각하자 우스워진다. 그 애
들은 속고 있다. 우리 엄마는 예전처럼 부자가 아니다. 내가 육
학년 때, 그때 우리 엄마는 그 아파트 단지에서 소문난 부동산
사업가였다. 물론 그 뒤로 다 망해먹었지만. 그걸 모르는 여자애
들의 인사를 비끼며 나는 구석자리에 가 앉았다. 아이들은 내가
요란하게 결혼한 것만 알고 있을 터이다. 나는 아무하고도 깊이,
흔쾌히 얘기하지 않았다. 나는 차갑고, 뚝뚝했다. 그런데 어째서
밖으로 나오자마자 앞서 가는 동희의 어깨를 잡았을까? 아, 아마
나는 동희를 막본 것인지도 모른다. 그 애는 천덕꾸러기 '왕따'
였으니까. 아무렇게나 대해도 되니까…….

# 빌 라

"전화 한 번도 안 왔냐?"

어머니는 아직도 아내와 장인 장모에 대해서 부글부글 속을 끓이고 있다. 오늘은 내 생일이다. 나는, 내 감정은…… 많이 가라앉아 있다. 아내가 집을 나간 사실에 대해서. 어차피 헤어지는 과정만 남았고, 그 일 처리를 어느 정도는 시간이 해주리라고 믿는다.

아내는 석 달 전에 집을 나갔다. 물론 우리가 둘이 살던 우리들의 아파트에서. 아내에게 남자가 있었다는 것은 의심할 나위가 없다. 문제는, 그녀가 내 차와 통장을 가지고 나갔다는 사실이다. 아내다운 짓거리였다. 통장에는 상당한 액수의 돈이 들어 있었다. 어머니가 부동산 막차를 탄 뒤 겨우 건진 빌라 두 채에서 그 통장으로 월세가 들어오고 있었으니까. 나는 이 사실을 어머니에게 숨기고 있다. 어머니가 알면 당장 화산처럼 폭발해 전국에 지명수배 전단을 붙이거나, 대대적인 쥐잡기 작전을 펼칠 것이다. 이건 내가 바라는 일이 아니다. 나는 더 이상 시끄럽고 싶지가 않다. 내 생각으로는, 아내가 위자료를 받을 생각을 포기한 듯하다. 그렇지 않다면 이렇게 가만히 있을 리가 없다. 물론 주위 사람들이나 전문가들에게 의논하고 또 의논했을 것이다. 그러나 방법을 찾지 못한 아내는 그저 내 차를 타고 다니며 우선 돈 쓰는 재미에 시간을 보내고 있는 게 틀림없다.

"국 더 먹어라. 기장미역이라는데도 이렇게 풀어져버리는구나."

어머니가 내 국그릇을 들고 간다. 그만 먹겠다고 말해야 하지만 나는 가만히 있다. 오늘은 내 생일이고, 혼자 집에 들른 나를 어머니는 착잡하게 생각할 테고, 그러므로 사소한 것이나마 비위를 건드리지 않는 게 상책이다. 잘못하면 어머니가 우시니까. 여자가 우는 데는 여러 행태가 있지만, 어머니가 우는 거야말로 견딜 수 없는 일이다. 육십 줄에 들어선 어머니는 많이 약해져 있다.

미역국이 그득 담긴 국대접이 다시 내 앞에 놓여진다. 나는 천천히 수저질을 한다. 가능한 한 많이 먹으리라고 결심한다. 어제 하루 종일 장을 봐서 이것들을 장만했을 어머니의 노고를 상기하려고 애쓴다. 생선전과 갈비찜, 잡채 접시 들이 내 밥그릇과 국그릇을 밀치며 들어온다. 마음이 답답해지기 시작한다. 나는 그것들 너머의 햇김치와 나물 들을 한 젓가락씩 집어먹는다. 생선전과 갈비찜 접시 들이 내 밥그릇과 국그릇을 툭툭 치며 재촉을 한다. 빨리, 많이, 듬쑥듬쑥 먹으라는 성화다. 가슴이 더부룩해지면서, 짜증이 솟는다. 문어발 같은 것이 강짜를 부리며 점점 더 나를 조여온다. 국그릇과 밥그릇이 이제 숫제 식탁 아래로 떨어질 것 같다. 위기의식이 느껴진다. 성대가 바르르 떨리며, 화가 치솟는다.

"그냥 두세요! 제가 다 먹잖아요."

결국 폭발하고야 만다. 언제나 이렇다. 어머니와 나와의 관계는. 어서 빨리 돌아가야지, 생각한다. 아침만 먹고 곧바로 일어서 돌아가야겠다. 어제 저녁 여기에 올 때는 오늘 하루 종일 어머니와 함께 지내다 밤에 자고 가려 했고, 뭣하면 며칠 더 있을 생각도 했다. 그러나 어머니의 지나친 배려에 속이 메슥거린다. 이건 배려가 아니라 강압이고, 간섭이다. 어머니의 순수한 사랑이 아니라 어머니 자신의 외로움과 분노가 결집된 거대한 문어발이다. 이 아집에, 집착에 나는 지난 이십구 년간 묶여 있었다. 그래서 아내하고도 아무것도 제대로 하지 못했다.

"걸려도 걸려도 원 그런 인간 말종이 걸리다니…… 생일인데 밥 한 그릇 못 얻어먹고……."

어머니가 슬픈 어조로 혀를 찬다.

아버지가 없는 어머니의 인생에 대해 나는 이제 생각하기 싫다. 다른 자식 하나 없는 어머니의 인생도 역시 떠올리기 싫다. 그건 어머니 사정이고, 우리 집 사정일 뿐이다. 나는 그걸 아내를 통해서 알았다. 인생에 정상 참작이란 없다. 남에게 업신여김 당할까 봐 뼈를 갈며 돈을 일구었다든가, 부동산 경기의 막차를 타서 사정없이 떠내려가다가 요행 땅을 하나 건져 빌라를 지었다든가, 그 빌라 몇 채가 생활의 기반이 되었다든가 하는 얘기는 어머니와 나에게만 의미 있는 일이지 아내에게는 누추하고 지루한 사설이었다. 그녀에게는 지금 쓸 돈이 얼마인지, 그것만이 문제였다. 홀어머니가 자식을 애틋하게 키웠다는 따위의 얘기는 판잣집 창문에서 파닥대는 비닐 소리나 마찬가지였다.

— 그래, 나는 상위 지향적이야. 그거 몰랐어?

아내는 그렇게 당당히 따지고 들었다. 보통 사람으로서는 상상할 수도 없는 거짓말이 탄로났을 때였다. 잘못했다고 숙어지기는커녕, 오히려 되바라지게 고개를 쳐들고 싸움을 걸어왔다.

— 상위 지향적이라는 말을 그런 데 써먹니?

응수했더니

— 그럼 다른 말로 할까? 난 신분 상승 욕구가 강해. 신분 상승을 위해서 수단 방법을 안 가려. 앞으로도 그럴 거고. 뭐가 잘못됐냐?

하며 독사 같은 눈으로 나를 째려보았다. 간담이 서늘했다. '신분 상승'이니 '상위 지향적'이니 하는 문자투의 단어들이 생경하게 귀에서 튀었다. 학력고사 공부를 할 때 문학 참고서에 쓰여 있던 말들이 아닌가. 그래도 학력고사 공부는 했나 보지, 하는 생각 뒤로, 누가 가르쳤는지 그거 참 희한하게 가르쳤다, 어쩌면 저렇게 오만 방자하게 당당할까 의아해지면서, 그래 참 요즘 세태가 저런 걸 부추기고 있지 쓴웃음이 일었던 것이다. 아내는 자기가 추구하는 가치를 제지받은 적이 없는 것 같았다. 오히려 솔직하고 야심 있다고 대단히 평가받고 대접받은 모양이었다. 하긴 단어야 무슨 잘못이 있는가. '신분', '상승', '욕구'라니…… 다 좋은 말이었다. 단지 수단 방법을 가리지 않아서 문제일 터였다. 그러나 '수단 방법을 안 가리고' '목적 달성'을 한 데 대해서 아내 친구들이나 주변 사람들은 추앙까지 해주는 눈치였다. 무슨 큰 업적을 이룬 것처럼. 나는 기가 막혀서 성난 소처럼 씩씩거리고만 있었다. 여기까지만이었대도 좋다. 그러나 아내는

— 근데 니네 집이 신분 상승할 대상이나 되었냐? 그런 째비나 되면서 폼 잡았으면 내 말 안 하지. 돈이라고 원 쥐꼬리만큼…… 그러면서 우리 집을 들먹여? 속일 수도 있지 뭘 그래? 그래, 우리 아버지 의사라고 내가 속였어. 산내에서 종합병원 한다고 속였다구. 그러니 어쩔래?

하며 막나왔다. 눈앞이 새카매지던 순간이었다. 사람이 이럴 수도 있구나, 결혼한 남자 여자가 이렇게까지 파렴치하게 주고받을 수도 있구나 경악하며 휴지쪽 구겨지듯 구겨진 자존심을 가까스로 거머쥐었다. 신분 상승할 대상이나 되었느냐는 그 말이 말벌처럼 무섭게 머리를 쏘아댔다. 신분 상승할 대상이나 되었느냐고…… 눈앞의 막막한 어둠 속으로 아버지의 빈자리와 어머니의 몸부림이 섞여 떠오르며, 덩그렇게 솟아 있는 빌라 두 채와, 공대를 마치고 전자회사에 다니는 내 초라한 몰골이 어지럽게 뒤섞였다. 나는 나를, 우리 집을 객관적으로 보았고, 슬픔을 느꼈다. 신분 상승할 대상이 되지 못한 우리 집의 배경에는 어머니의 돈만으로는 살 수 없는 권력과 위세가 빠져 있었다. 그래서

아내가 함부로 구는 것이었다. 더 기가 막혔던 것은, 처형이나 장모가 면구스러워하기는커녕 한술 더 뜬다는 사실이었다. 결혼할 때 가족의 이력을 속인 것이 잘못이라는 생각이 처가 사람들에게는 없었다. 이런 방식은 정말 처음이었다. 난 어쩌자는 게 아니었다. 다만 아내가 미안해할 줄 알았다. 막내딸이 철없이 거짓말을 시켰다 해도 그게 들통났을 때 어른들이 취할 수 있는 태도가 따로 있다고 믿었다. 내 예상은 멋지게 빗나갔고, 우리의 관계도 파경을 향해 치달았다. 어차피 잘된 일이었다. 나는 끝을 바라고 있었으니까. 모든 잘못은 오직 내게 있었다. 흥신소나 심부름센터를 시켜서라도 뒤를 캐보지 못한 게 불찰이었다. 카르멘 같은 그녀의 외모에 홀렸던 게 커다란 잘못이었다.

그러나 이제 나는…… 어머니에게서도 놓여나고 싶다. 지나친 배려와 관심이 부담스럽기만 하다. 나는 독수리처럼 자유롭게 날아가고 싶다. 힘있게 날개를 펼치고, 창공을 유유히 날고 싶다.

물로 입가심을 하고 거실로 나간다.

어머니가 과일을 가지고 따라나온다. 어머니와 또 얼마간 같이 앉아 있어야 한다. 과일을 집적거리면서 나는 리모컨을 눌러 티브이를 켠다. KBS 제1방송인지 흘러간 노래를 방영하고 있다. 어머니가 티브이의 영상에 끌려들까 해서 채널을 고정시켜본다.

포크에 딸기를 찍어 어머니가 건네준다. 마지못해 그것을 받아 입에 넣었을 때 주머니에서 휴대폰이 울린다. 나는 급하지 않게, 자연스럽게 전화기를 꺼낸다. 이 거북한 자리를 면하게 해주어 고맙다는 심정으로 폴더를 젖히며 일어난다. 잘 안 들리는 척, 베란다로 나간다. 여보세요? 아영이다. 반갑지도, 안 반갑지도 않다.

"집이야?"

아영의 목소리는 끝이 갈라져 있다. 이제 일어났나 보다.

"응."

나는 대답한다. 아영이는 내 여자 친구다. 그렇게밖에는 말할 수가 없다. 그러나 애인은 아니다. 상당 기간 애인이라고 생각한 적도 있지만, 아무튼 지금은 아니다.

"오후에 뭐 해?"

무용학원 강사인 그녀는 오늘이 일요일이라 쉬고 있을 것이다.

"집에 가야지."

"아, 거기 어머님네 빌라야?"

아영이가 깜짝 관심을 보인다. 아영이는 우리 어머니와 어머니의 빌라에 관심이 있다. 그러나 그녀는 잘못 알고 있다. 어머니가 구십 평이 넘는 이런 큰 빌라에서 사는 것은 순전히 재산 가치를 위해서다. 어머니의 실제 생활은 매우 검소하다. 검소하다 못해 누추하다. 손길 하나하나에 자랄 적의 가난이 배어 있다. 아영이는 이것을 모른다. 대학을 졸업하고 몇몇 무용단의 발레 단원이 되는 것을 포기한 뒤, 시간은 흘러가고 나이는 먹고…… 그녀는 요즘 '그냥 결혼이나 해버릴까' 마음을 정하고 굴러다니는 것 같다. 그러나 잘 안 되는 눈치다. 나와는 아까 말한 대로 한때 가까운 관계였지만 지금은 한 발 물러서서 그저 그런 관계를 유지하고 있다.

"내가 그쪽으로 갈까? 멀티플렉스에 가서 영화를 봐도 좋잖아."

공연히 이쪽에 있는 극장을 점찍으며 몸을 내민다. 어쩌다가, 아무튼 무엇이 꼬여서라도 어머니 집에 와보고 싶어한다는 것쯤 나도 안다.

"아니, 뭐 하러. 조금 있으면 갈 건데."

나는 그렇게 저지한다. 그럼 아파트로 갈까? 하는 말을 아영이는 하지 않는다. 그녀가 만일에 그렇게 말했더라면 나는 허락했을까 생각해본다. 아니다. 역시 은연중 거절했을 것이다. 그래야 한다. 그녀는 지금 재고 있다. 내가 성격상, 또는 처해 있는 상황상 여자를 쉽게 사귀지 못할 터이니 가까이에 있는 자기가 요령을 부려 나를 몸달게 하려고 여러 가지 책략을 쓰고 있다. 사실은 그래서 긴밀한 관계가 깨져버렸다. 나는 여자랑 자고 싶었고, 내 옆에는 아영이밖에 없었는데, 그녀가 돌연히 브레이크를 걸었다. 그 의미를 알게 되자 그놈의 계산에 넌덜머리났다. 그녀가 계산하지 않고 나와 성의껏 사랑을 나누었더라면 어떻게 되었을지 모르겠다. 어쨌든 나도 이제 계산하게 되었다. 그녀와 결혼해봤자 아내와 별다를 게 없을 것이다.

"저, 가봐야겠어요."

나는 일어선다.

"벌써?"

어머니가 아쉬워한다.

"오후에 회사에 가서 할 일이 있어서요."

물론 거짓말이다.

"차는?"

어머니는 내가 어제 차를 몰고 오지 않은 사실을 상기하는 눈치다.

"어제 술 마실 일이 있어서 회사에 두고 왔어요."

"괜찮을까?"

"그럼요. 회사 주차장에 넣어놓았는데요."

"과음하지 마라."

"네."

나는 현관문을 나선다. 빌라 마당에 내려서서 뒤돌아 올려다 보니 어머니가 베란다에 나와 서 있다. 내가 가는 모습을 끝까지, 보이지 않을 때까지 보기 위해서다. 마음이 아프다. 나는 손을 한 번 흔들어주고 걸음을 재촉한다. 좀 잘해드릴걸…… 놀이터를 지나 초등학교 앞에 이르러 다시 올려다본다. 어머니는 여전히 베란다에 서 있다. 나는 언덕길을 성큼성큼 뛰어내려간다. 빨리 어머니의 시야에서 벗어나기 위해서 날듯이 비행기처럼 내려간다. 평지에 다다르자 비로소 제 속도로 보폭을 정리한다.

노란 옷을 입은 쌍둥이 아이들이 아이스 스틱을 빨며 마주 온다. 동희의 모습이 떠오른다. 그날, 제대로 의사소통이 되지 않았다. 그랬다는 느낌이 남아 있다. 둘 다 취한 뒤끝이었고, 뭔가를…… 이야기하려다 만 듯하다.

게이를 소개해달라는 말만은 분명히 기억난다.

개인적인 일이라고, 상대에게는 해가 되지 않는다고 했던가? 어떤 개인적인 일이길래 상대에게는 해가 되지 않을까? 자신에게는 필요하고 상대에게는 해가 되지 않는다?

쌀가게 앞에 아주머니들이 둥그렇게 모여 있다. 개가 한 마리 그 가운데에 엉거주춤한 자세로 엉덩이를 내린 채 서 있었다. 나는 다가가서 아주머니들의 어깨 너머로 녀석을 넘겨다본다.

"글쎄 이눔의 개가 갈 줄을 모르네. 길이 이렇게 있으면 길 따라 앞으로 쭉 가야 하잖아요. 근데 갈 줄을 몰라. 죽어라 하고 목줄만 땡기고…… 산지사방으로 날뛰기만 한나니까."

목줄을 쥐고 있는 아주머니가 옆의 아주머니한테 말한다. 나는 무슨 뜻인지 몰라 아주머니들의 눈치를 살핀다. 개는 뒷다리가 굽어진, 똥 누는 듯한 이상한 자세로 주인의 눈치만 살피고 있다.

"이랴, 이랴!"

주인이 말 안 듣는 말을 끌 때처럼 앞서서 걸음을 떼어놓으며 개를 당긴다. 녀석은 뒤가 꾸부정한 그 이상한 자세로 줄을 맞잡아 당기며 그 자리에 서 있으려고 있는 힘을 다해 버틴다. 주인이 힘을 주어 끌면 끌수록 녀석은 죽어라 자세를 낮추며 자기가 짚고 있는 땅에 달라붙는다. 컹컹 짖기까지 하며. 그곳을 고집하는 필연적인 이유가 있는 것만 같다. 드디어 주인이 끌어당기는 것을 멈추자 이번에는 주인을 축으로 하여 사방팔방으로 나댄다.

"처음부터 매놓기만 했더니 저렇게 됐대요. 뒷다리가 퇴화됐나 봐요."

"어머, 어머, 어머머!"

"집 뒤 그늘에 개집을 놔두고 거기에 그냥 매놓은 거지요. 평생토록. 허구한 날 한 뼘밖에 안 되는 줄에 매여 뒷다리를 굽히고 앉아 있다 보니 뒷다리가 'ㄴ'자로 영영 굽은 거예요. 바깥에는 오늘 첨 나와본 거래요."

"그래서 저렇게 일어서지도 못하고, 길이 있어도 길 따라 앞으로 갈 줄도 모르고……."

"세상에나!"

"앞으로 갈 줄도 모르다니……."

아주머니들이 이구동성으로 혀를 찬다. 엉덩이를 아래로 내려 뜨리고 뒷다리를 반쯤 굽힌 개의 모습이 처참해서 나는 얼른 고개를 돌리고 거기를 빠져나온다. 가슴이 짠하다. 그 개가 마치 나인 것만 같다.

집에 너무 가까이 매놓아…… 평생 단 한 번도 풀어주지 않아…… 기능이 퇴화해버린 불구의 개…… 길이 있어도 앞으로 갈 줄도 모르는 한심한 녀석…….

나는 택시 정류장 앞에 멍하니 서 있었다.

노란 수선화가 다시 어른거린다.

컴퓨터를 켰다. 몇 건의 메일. 나는 동희의 명함을 찾아내 그녀에게 메일을 띄운다. 그날 잘 들어갔니? 하고 나서, 게이를 소개해달라는 말 아직도 유효해? 하고 농담식으로 날렸다.

여기저기 기웃거리다가, 성인 사이트로 들어갔다.

오늘 또 밤을 새우게 될 것 같다.

# 정 감

　우리는 꽤 많이 취했다. 동희는 진토닉을 두 잔인가 세 잔 마셨고, 나는 병맥주를 계속 비우는 중이었다. 나는 어쩐지 자유를 느꼈고, 기분이 좋았다. 여자와 이렇게 자연스레 마주 앉아보는 것도 꽤 오랜만이었다.

　아내와 틀어져버린 뒤로 몇 명의 여자와 만나긴 했었다. 그러나 번번이 후회를 했다. 긴장감 없이 편안하게 대할 수 있는 여자가 없었다. 소문이란 무서웠다. 나는 친구 두용이에게만 뒤늦게 아내의 가출 사실을 귀띔했었는데, 어떻게 된 셈인지 여자들마다 그 사실을 알고 왔다. 결혼 전에 알던 여자들, 대학 후배, 이렇게 저렇게 안면이 있는 여자들이 전화를 걸어와 대개는 회사 앞에서 못 이기는 듯 만났지만, 늘 나의 파경 사실이 날파리처럼 두 사람 사이로 날아다녔다. 여자들은 내 현재 정황에 대해, 우리 부부의 파경 이유에 대해 지나칠 만큼 관심을 가졌고, 그랬기 때문에 나 또한 계속 신경이 쓰였다. 그녀들은 눈앞에서 나를 걱정해주는 척, 이해해주는 척했지만 결국은 내게서 눈곱만한 문제점이라도 찾아내려고 더듬이를 버르적거렸고, 겉보기와는 달리 내가 성격 파탄자거나, 무뢰한이거나, 아니면 괴상한 취향을 가진 인간이 아닐까 의심하는 눈길을 던졌다. 그런 시선 앞에서 웃으며 차를 마시고 밥을 먹는 것이 정말 짜증스러웠다. 나는 일부러 소문을 흘렸을 두용이 놈을 원망하며, 당분간은 여자들을 만나지 않기로 결심했던 것이다.

"한 잔 더 해, 응?"

나는 동희를 쳐다보며 웨이터를 부른다. 내 음성은 내가 듣기에도 낯설 만큼 달착지근하다. 내가 왜 이럴까. 나는 아마도 그녀가 취하기를, 취해 떨어지기를 바라고 있나 보다. 비겁하게도.

웨이터가 왔다.

"다른 걸로 해. 왜 진토닉만 마시는 거야?"

나는 여전히 솜방망이 같다. 다른 때 이런 소리를 냈다면 나 스스로 우웩 하고 토했을지도 모른다. 나는 여자들의 비위를 맞추는 일에는 소질이 없고, 없고자 해왔다. 그러나 나는 나 자신을 두둔한다. 나는 그저 동희에게 잘해주고 싶은 것뿐이다. 그녀는 전에는 불쌍했었으니까. 지금은 잘 모른다. 어쨌든 나는 여자들이 즐기는 술, 그녀들에게 어울리는 술, 그녀들이 바라보고 싶어하는 술을 동희에게도 권하고 싶다. 체리브라썸이나 아도니스, 미모사 같은 것 말이다. 그 술들은, 칵테일에 대해 내가 도사는 아니지만, 위스키에 음료를 섞은 흔한 것이 아니다. 체리브라썸은 아마도 브랜디에 체리액과 다른 여러 가지를 섞은 것인데, 그 우아하고 은은한 색감도 화사하거니와 맛 또한 벚꽃이 핀 듯 부드러워서 여자들이 곧잘 감탄하는 술이다. 샴페인을 오렌지 주스에 섞은 미모사도 노란 미모사의 색감과 청량한 맛 때문에 여자들이 환성을 내지르곤 한다. 백포도주에 소다수를 넣은 아도니스는 또 어떤가. 바텐더가 솜씨를 내 예쁘게 치장한 술잔을 바라보는 순간 분위기에 약한 여자들은 꼴깍 넘어가고 마는 것이다. 나는 그저 이런 술들을 동희에게도 구경시켜주고 싶은 것이다. 코팅된 메뉴책을 펼쳐 넘겨주며 나는 동희를 다시 쳐다본다. 그러나 그녀는 사양한다.

"아냐. 진토닉이 좋아. 난 색깔 들어 있는 술이 싫어."

"색깔 들어 있는 술이 싫다고? 인공 감미료를 쓸까 봐서?"

"아니. 그런 술들은 달잖아. 난 단 술이 싫어."

생각 밖이었다. 제법 술맛을 아는 모양인가. 단 술이 싫다는 것은 술을 첨가제로서가 아니라 제 맛으로 즐긴다는 의미다. 나는 눈을 가느스름하게 뜨고 그녀를 관찰한다. 그녀의 얼굴은 여전히 밋밋하다. 그러나 매끈하고 곱다. 나는 이런 평평한 여자와 사귀어본 적이 없다. 내 주변의 여자들은 대학생이 되면서부터 눈에 띄게 입체적으로 변해갔고, 앞다투어 오목한 서양 인형이 되었다. 두어 달만 지나면 그녀를 익숙히 알던 사람들도 옛 얼굴을 잊어버리고 애초 저랬었나 여기는 것이다.

그런데, 동희에게서는…… 결코 각별한 미모라고 할 수는 없는데도, 비단옷에 코를 댔을 때와도 같은 느낌이 전해져온다. 왜일까?

"그래도 이거 한 잔 마셔봐. 체리브라썸."

나는 손가락으로 다시 메뉴책을 짚는다.

"왜?"

"아니, 그냥."

"그럼 그래볼까? 이름이 매혹적이니까."

"그래, 이름도 근사하지만 색깔도 맛도 그럴싸해."

"그러지 뭐. 그놈들은 이름짓는 덴 도사라니까."

그러면서 동희는 서양 사람들은 루즈 색깔에도 멋을 부려 단순히 어떤 색깔을 적어넣지 않고, 깊은 맛이 나는 주황색을 '오텀 리프'라고 한다든지, 짙은 분홍색을 '리치 앤드 로지', 펄이 든 분홍색을 '스타라이트 핑크'라고 붙이더라고 부러워했다. 얼굴에 바르는 파운데이션 색깔에도 체리브라썸이 있다고 했다. 벗꽃이 확 피어난 듯 아름다울 것 같아서 사서 발랐더니 아닌게아니라 분 공장에 들어갔다 나온 듯 뽀얗더라고 웃었다.

웨이터가 체리브라썸을 쟁반에 받쳐 들고 왔다. 아이스 콘 모양의, 그보다 더 길고 날씬한 유리잔에 연분홍빛 액체가 화사하게 담겨 있다. 바텐더는 깨끗하고 세련된 취향인 모양으로, 색감을 감상하라는 뜻인지 얼음도, 체리도 띄우지 않고, 다른 장식물도, 스트로도 꽂아놓지 않았다. 그러나 잔만은 벨기에나 독일의 세계적인 명품인 듯, 단아하고 품격 있었다. 동희는 잠깐 동안 자기 앞에 놓인 체리브라썸을 바라보고 있었다.

"정말 색다른데? 글라스도 예쁘고. 아래 굽이 꼭 삼층 석탑 같애."

잔을 빙 돌려가며 감상하던 그녀가 아랫부분부터 점차 말간 핑크색으로 거품이 가셔가는 액체에서 눈을 떼지 않으며

"마시라는 거지?"

하고는 나를 쳐다보았다. 그리고 잔을 들었다. 그녀가 잔을 기울여 입술을 축이듯 체리브라썸을 음미한다. 눈을 슬쩍 감았다 뜨며 두어 차례 잔입맛을 다시던 그녀가

"그래, 부드럽고 은은하고…… 으응, 상큼해."

하며 만족스런 표정이 되었다. 나도 그런 그녀의 얼굴을 보자 기분이 좋아졌다. 우리는 낙락하고 편안한 심정으로 아무 얘기나 주고받았다. 약간의 꾸밈이나 긴장도 없었다. 익숙한 곳에 몸을 누인 것 같았고, 나 혼자 있는 것보다도 더 자연스러웠다. 영원히 이런 순간이 지속되었으면 하고 나는 바랐다. 아무리 시간이 지나도 지루해지거나, 권태로워질 것 같지 않았다. 비단천이 목에 감긴 듯 부드럽고 친숙한 공기를 나는 깊게 들이쉬고 또 내뱉는다. 아, 그래, 정감 같은 것인가 보다. 이 분위기는. 안마당에 모깃불이 피워지고 멍석이 깔린 것 같은…… 동희가 자아내는 냄새는 정겹고 안락하다. 여름 초저녁, 평상 위에서 어머니의 품에 안긴 듯, 나른하고 또 조금 졸립다. 나는 자고 싶다. 살랑살랑 부채질을 받으며. 가물가물 꿈속으로 걸어 들어가는 듯한 착각 속에서 나는 생각한다. 우리들 사이의 과거가 어떤 역할을 하길래 멋쟁이인 동희한테 조금도 부담이 느껴지지 않을까? 어째서 이렇게 자연스럽고 친근할까? 왜 내 안의 모든 걸 꺼내 보일 수

있을 것 같은가?

그녀를 처음 보던 순간이 떠오른다. 갈비집에 모두 둘러앉아 맥주잔을 들고 '브라보!'를 외치고 난 뒤였다. 말끔한 숙녀 하나가 목례를 하며 방 안으로 들어섰다. 처음에는 그녀를 아무도 알아보지 못했다. 낯설어 위아래를 훑어보며 가만 있어봐, 누구지? 누구지? 하고 있는데, 나 김동희야, 하고 그녀가 모두들에게 인사를 했다. 수런수런 소리들이 퍼져나갔다. 김동희래. 똥희 있잖아. 금똥…… 여자애들은 얼굴이 굳어졌고, 남자애들도 놀라 입을 다물지 못했다. 백육십 센티미터가 좀 넘을 듯한 알맞은 키에 곱게 빠진 체격, 부드러운 느낌의 롱헤어, 몸에 붙는 환한 옷 …… 그 순간부터 느꼈거니와, 그녀는 예상보다 너무 많이 달라져 있었다. 예상보다라는 말조차 사실은 우스웠다. 그만큼 그녀에 대해서는 아무도 예상을 하지 않았으니까. 게다가 그 달라진 것이 독특하고 세련된 쪽이어서 우리를 더 당황스럽게 했다. 그날 그녀가 삼차로 들어간 노래방에서 더 버티지 못하고 혼자 나와 내 앞에 걸어간 것도 아마 여자애들의 편편찮은 심사 때문이었으리라. 그녀는 동창 중 누군가와 소통하며 과거를 다시 정립하고자 왔는지 모르지만, 그것이 그녀에게는 필연적인 과정이었는지 모르지만, 다른 애들은 그녀의 과거를 누추한 상태 그대로 새장 속에 가두고 싶어했다.

나는 고개를 뒤로 젖힌다.

취기가 올라온다. 정수리까지 후끈후끈하다. 노란 수선화가 뇌세포 사이로 휘딱 지나간다. 나는 동희를 지그시 건너다본다. 부드럽게 잔머리가 늘어진 귓불이며 동그스름한 턱 언저리, 야무진 입술, 나지막한 콧매를 관음증 환자처럼 바라본다. 취기를 빙자해 염치 불구하고 바라본다.

"너, 뭐 같은지 알아?"

"응?"

그녀가 눈을 뚱그렇게 뜬다. 나는 손을 뻗는다. 그녀의 턱을 만지려고 하지만 손끝이 겨우 어깨 근처에 닿고 만다. 동희가 내 손을 넌지시 떼어내 탁자에 놓는다.

"너, 취했어. 이제 그만 마셔야겠다."

"왜 있지, 캠프파이어 불구덩이에서 새카만 감자를 꺼냈을 때……."

나는 웅얼웅얼 내 소리 같지 않은 소리를 뱉어낸다.

"무슨 말이야?"

"잘 익은 감자의 껍질을 막 벗겨냈을 때, 그때 같아. 니 얼굴."

"내 얼굴이? 감자처럼 못생겼다는 뜻이야?"

"아니. 매끈하고 노르스름하고…… 만져보고 싶어. 어떤 느낌
인지."

"이건 어디까지나 내 소윤데?"

그녀가 자기 얼굴을 손바닥으로 비비적거리더니

"아무 느낌도 없어."

하고는 웃는다.

"앙, 하고 한입 베어먹고 싶다. 감자처럼."

"야 야, 아무리 취했기로서니 너 엽기적이다?"

"그런 얘기가 아니지. 정겹다는 뜻……."

마음대로 표현되지 않는 말 때문에 나는 고개를 절레절레 흔
든다. 흔들다가 댓바람에

"와이프가 사실은 집을 나갔어."

하고 털어놔버렸다. 무작정 나를 열어버린 것이다. 사실은 그러
려고 아까부터 벼르고 있었는지도 모른다. 어쨌든 이런 고백을
해보는 것은 처음이다. 특히 여자한테는.

"아주?"

그녀의 놀란 얼굴이 뚫어져라 나를 쳐다본다. 눈동자가 맑았
고, 사심이 없었다. 나는 고개를 끄덕인다. '아주'라고. 아주 나
간 것이라고. 그러나 그녀는 더 이상 놀라지도, 캐묻지도 않는

다. 그저 한참 만에

"괜찮아?"

하고 다시 물어왔다. 그뿐이었다. 그녀가 나만을 배려하고 있다는 것이 느껴졌다. 감미로웠다. 그녀는 나를 둘러싼 사건 속에서 나만을 따로 떼어내 염려하고 있는 것이다. 내 결혼 생활이나 파경 등 그동안의 정황을 궁금해하는 것이 아니었다. 오직 지금의 나를 걱정하고 있었다. 이것이 다른 여자들과 달랐다. 세상을 다 얻은 듯 마음이 든든해졌다.

"순식간에 그렇게 되어버렸어. 요란하게 종을 울리며 결혼했었는데."

"순식간에……."

그녀가 내 발음을 따라 했다. 이해한다는, 알겠다는 어감이었다.

나는 술잔을 들었고, 그녀도 술잔을 들었다. 우리는 한참 동안 술 마시는 행위에만 열중했다.

그녀는 체리브라썸을 두 잔째 마시면서 자주 눈을 열어 나를 진지하게 바라보았다. 그건 참 범상치 않은 눈길이었다. 몽골리언 특유의 친숙한 얼굴 저 안쪽에서 알지 못할 기운이 흘러나왔고, 줏대 같기도 하고 긍지 같기도 한 그것이 위엄 있게 내 마음을 다독거렸다. 이런 결속감과 신비스러움이 어디에서 나오는지 모를 일이었다. 내 앞에 앉아 있는 이 여자가 옛날의 천덕꾸러기 '똥희'라고 생각할 수 없었다. 시간의 눈부신 활약 앞에 나는 그저 아연할 뿐이었다.

마음이 시원해왔고, 가슴 저 아랫부분까지 고속도로 뚫리듯 툭 트인 것 같았다. 다른 사람한테 내 사정을 털어놓고 나서 이렇게 만족스럽기는 처음이었다.

그녀가 그 시선을 거두고

"결혼은 언제 한 거야?"

하고 지나가듯이 물어왔다. 그녀는 정말 나에 대해서는 아무것도 모르는 모양이었다.

"십일 개월 전에. 아내가 나간 건 석 달쯤 되었어."

"으응."

끄덕끄덕하더니

"남들 보기가 괴롭지, 응?"

하고 나를 또 뚫어져라 쳐다봤다.

"그게 문제야."

나도 내 입장을 시인했다. 바로 그것이었다. 남들 볼 낯이 없다는 거. 그게 가장 괴로웠다. 친척들, 어머니, 회사 사람들, 친구들, 그리고 여자들…….

"하긴, 결혼만으론 충분치 않으니까……."

그녀가 먼 곳을 바라보며 혼잣말처럼 중얼거린다.

"결혼만으론 충분치 않다구?"

나는 덥석 말꼬리를 잡았다. 거기에서 무슨 해답이라도 찾으려는 사람처럼.

"사랑이니 뭐니 해도 그런 건 순간적일 거 아냐. 형체가 없는 그걸 결혼이라는 망으로 억지로 묶으려는 것 자체가 모순이겠지."

그녀의 시선은 여전히 먼 데 가 있다.

"너, 아주 도사다? 혹시 결혼해본 거 아니니?"

나는 놀라워서 그녀의 얼굴을 새삼 쳐다본다.

"해봐야 아니?"

"해보고서도 모르는 판인데 어떻게 그렇게 잘 알아?"

"누구나 다 알고 있는 사실 아닐까? 단지 구태여 표현하지 않을 뿐이지. 겁나니까. 말이 씨 된다고 하잖아."

"정말 모두 알고 있는 거야?"

나는 의아스러웠다. 나만 바보였단 말인가.

"어쨌든 결혼을 하더라도 사랑의 열정에 전면적으로 기대서는 안 돼. 열정은 곧 식어버리니까."

"그렇다면 열정이 없는 사람들끼리 결혼하면 되겠네?"

"그래, 오히려 열정이 없는 결혼은 그런대로 지속될 가능성이 있어. 기대하는 바가 적고 마음의 준비도 좀 하니까. 서로 동화와 조화를 이룰 수 있는 성격이라면. 서로의 가치관을 용해해들일 수 있다면. 인생은 한순간이 아니고 기니까."

"이상한 논리네. 난 그런 말은 오늘 처음 들어본다."

"난 생각 많이 해본 편이지. 사람과 사람들에 대해. 언제나 푸대접만 받고 짓밟혔으니까."

그녀의 시선이 다시 내 뒤를 지나 홀 멀리로 뻗어간다. 생각에 잠긴 그녀가 한참 만에 입을 열었다.

"사람들은 남의 마음에 대해서는 뒷전이야. 늘 자기 생각만 하지. 그러고서도 결혼하면 다 잘살 수 있을 걸로 생각해. 너도 그랬지?"

"나도 그랬겠지."

나는 솔직히 수긍했다. 사실 결혼 전에는 조화니 동화니 어울림이니 하는 단어들을 떠올려보지도 않았었다. 그저, 조건이 걸맞게 갖추어졌으니, 잘살 수 있을 걸로만 알았다.

"난 항상 타인과 나의 관계에 대해서 생각했어. 아주 어렸을 때부터. 저 사람이 왜 나에게만 이렇게 구는가 하고. 다른 사람한테는 어떻게 다르게 하나, 그들 사이의 관계는 어떤가, 무엇이 원인인가 궁리하고 또 궁리했어. 아마 '관계학'이라는 학문이 있다면 내가 학위를 받아도 됐을 거다."

그녀가 방끗 웃었다. 윤곽선이 뚜렷한 입술이 매끈하게 반달을 그렸다. 나는 나도 모르게 내 입술을 핥았다.

"결혼할 사람 있다고 했지?"

나는 물었다.

"응."

"뭐 하는 사람이야?"

"그는 늘 공부만 해. 그를 보고 있으면 일개미 같다는 생각이 들어."

그녀가 나팔꽃처럼 환하게 웃고 있었다. 자기의 반려를 자랑스러워하는 듯한, 든든히 여기는 듯한 표정이었다. 전교 수석을 하는 오빠를 둔 여동생 같았다.

"고시 공부 하는 사람이야?"

나는 또 물었다. 그런 놈하고 연애를 했나? 재주도 좋네, 생각하면서. 어쩐지 그녀의 입에서 나오는 '공부'라는 말이 귀에 설었고, 인정하기 싫었다.

"아냐, 그냥 공부하는 사람."

"그냥 공부하는 사람?"

"개미나 벌의 수컷 알아? 평생 일만 하다가 일생을 마치는
…… 그래도 자기네 종족의 유전자를 우수하게 전하는 프로그램
에 참여하고 있다는 긍지가 있잖아. 무의식일망정. 자기는 여왕
벌이랑 만나지도 못하면서. 그런 우스운 사람."

나팔꽃은 계속 활짝 피어 있었다. 프로그램, 유전자…… 가슴
이 뜨끔했다. 그런 건 내 영역의 어휘가 아닌가. 그렇다면 그 녀
석이 학자인가? 뭐 연구원인가? 설마? 질투심과 시기심이 꼬여
들었다. 동희는 내겐 추호의 관심도 없었다. 나는 그것을 뒤늦게
깨달았다. 우리는 십육 년 만에 모처럼 만났고, 그랬으므로 어느
정도의 관심은 누구나 가지게 마련이었다. 그러나 동희는 그렇
지 않았다. 그 사실이 매우 흥미로웠고, 역으로 내 마음을 끌어
당겼다. 나는 내심 자존심이 상했다. 연구원이나 학자가 설마 동
희와 연애를 했을라구? 그렇게 자꾸 부정하는 마음이었다. 그녀
에 대한 내 감정이 녹록치 않은 방향으로 흘러가고 있었다. 나는
좀 치사해졌다.

"사귄 지 오래됐어?"

옛 애인이 지금의 남자를 캐는 어투가 되고 말았다. 동희가 술

잔 바닥에 조금 남아 있는 술을 빙글빙글 흔들면서 나를 힐끗 바라보았다. 나는 그녀의 결 고운 피부를, 홍조 띤 눈매며 볼을, 흰 스웨터 속으로 붕긋 솟은 가슴을 다소 뻔뻔하게 바라보았다. 애초 나의 것인 양…….

"작년부터. 안 지는 아주 오래됐고. 특별한 감정으로 사귄 건 작년 초부터일 거야."

"언제부터 알았는데?"

나는 또 즉각 다그치고 있었다. 어지러운 취기가 나를 버림받은 애인 역할로 끌고 갔다.

"뭐가 그렇게 궁금하니? 중학교 때 알았다, 왜?"

"중학교 때?"

도무지 그림이 그려지지 않았다. 중학교 때라면 그녀가 아직도 아버지의 포장마차에서 새벽까지 설거지를 하고 이튿날 학교에 가서 미친개들한테 날마다, 시간마다 매를 맞을 때였다. 그때, 어느 시간에 남자를 사귄단 말인가?

"혹시 내가 아는 녀석이야?"

동기생 중의 어느 놈이 아닐까 생각하면서 나는 그렇게 물었다. 포장마차 근처를 건들거리며 돌아다녔을 꺼벙이들을 떠올려 보았다. 그러나 '공부'를 한다고 하질 않나.

"얘는! 아냐."

그녀가 눈을 흘겼다.

"나이가 많은 사람이야. 나보다 열네 살. 너희들하고는 아무 상관도 없어."

"열네 살? 그런 사람을 중학교 때 만났단 말야?"

"특별하게 만난 건 아니라고 했잖아. 그냥 얼굴을 본 정도지."

"그래도, 이해가 안 간다. 그땐……."

"그래, 그땐 내가 우리 아버지 포장마차에서 구정물을 덮어쓰고 지낼 때니까 이해가 안 가겠지. 그건 그렇고…… 너 참 이상하다? 이런 걸 니가 이해할 필요가 뭐 있니? 어디까지나 내 일인데."

"그렇지만 모든 게 신기해서……."

나는 어쩌는 수 없이 한발 물러났다. 그런데, 내가 물러나자 오히려 그녀가 얘기를 술술 쏟아놓았다.

"그 사람은 유학에서 돌아와서 그때 독신자 아파트에 혼자 살고 있었대. 대학 강사를 하면서. 왜 거기 우리 학교에서 뚝방 쪽으로 쭉 가면 7단지 있잖아? 아버지 포장마차가 그 근처에 있었거든. 그때 나를 봤다는 거야. 오래 오래 자기 기억에 있었대. 뭐 불쌍하다는 정도였겠지. 어쨌든 다시 만났을 때 그는 나를 알아보고 혹시 그 소녀가 아닌가 확인을 하더라구. 난 처음엔 창피해서 감추려고 했지. 그렇지만 곧 들통났고, 들통이 나자 왜 그렇게 마음이 편하던지…… 마치 지금껏 까치발을 들고 서 있다가 뒤꿈치를 내리고 온전히 땅을 짚은 기분이었어. 숨을 후욱 몰아쉬고 하하하하 속 시원히 웃었지. 눈물이 나더라구. 그 뒤로는 그 사람이 화안한 내 창이 되었어. 무엇이든 그 사람을 통해 보면 환하게 보이는 거야. 내 출생이나 환경, 누추한 과거까지도. 그이는 내게 무조건 우호적이야. 처음부터 지금까지. 자기의 성장기를 내게서 보고 있나 봐. 열다섯 살까지 가난한 삼촌 집에서 돼지를 키우며 자랐대. 그러다가 천운을 만나 공부를 하게 된 거지. 생리적으로 내게 호감을 가진 사람을 난 처음 만난 거야. 내 인생에 있어서 더 이상의 사람은 없다고 확신해."

"너무 확신하지 마."

나는 딴지를 걸었다.

"왜?"

"앞일은 다 장담할 수 없다더라."

"그이는 내게 사랑을 원하지 않았지만 난 그걸 만들었어. 난 그 사람과 평생 함께 살 거야."

"같은 성격이라든지 같은 환경에서 자란 사람들끼리가 더 어우러지기 힘들다던데?"

"그런 건 상관없어."

"생각 잘 해본 거야? 열네 살씩이나 차이 난다면서."

"그딴 건 문제가 되지 않는다니까."

"그딴 거라니? 간단한 문제가 아니야. 평생이 걸려 있다구."

"넌 날 몰라. 난 세상에 태어나서 처음으로 그 사람한테 완전히 나를 털어놓았어. 털어놓은 정도가 아니지. 그는 내 약점 중의 약점, 누추함 중의 누추함 가운데로 들어와서 살갑게 나를 살펴주었어. 내 전부를 마음놓고 의탁한 이런 기분을 다른 사람은 절대 알 수 없을 거야."

"그거 다 나이 든 사람들의 수법 아니야? 품 넓은 척, 너그러운 척, 감싸주는 척…… 그런 사람들이 나중에 더 쫀쫀해진다더라."

나는 야비하게 계속 발을 걸고 있었다. 그녀가 자기의 애인을 내세우면 내세울수록 나는 필사적으로 그것을 걸고넘어졌다. 이러는 내가 나도 마음에 들지 않았다. 그러나 한번 엇나간 방향은 바로잡아지지 않았다. 그녀의 남자가 유학을 갔다 왔으며 또 대학 강사였다는 사실이 충격으로 나를 덮친 것이다. 동희가……
똥희가…… 나는 공부하기 싫어, 학자 같은 건 되기 싫어 유학을 포기한 내 자신을 되새기지 않을 수 없었다.

동희는 고개를 숙이고 술잔 속의 액체를 또 빙빙 흔들었다. 의식은 딴 데 가 있는 것이 분명했다. 마른안주를 하나 집어먹은 모양으로 입술을 꼭 다문 채 뭔가를 오물오물 씹었다. 그 입술을 덮치고 싶은 충동이 불현듯 불처럼 일었다. 내가 지금 외로운가, 왜 이렇게 격렬한가 나도 의아스러웠다. 지금까지 잘 참아왔는데, 아영이가 갖은 수를 다 써도 말려들지 않았는데, 어떤 여자에게도 거리를 지켰는데 동희를 보자 왜 이렇게 되고 말까?

"김도현."

그녀가 내 이름을 성까지 붙여 불렀다. 부드러운 시선이 깊게 들어왔다.

"넌 내가 그런 것도 구분 못한다고 생각하니?"

그녀가 나를 곧장 바라보고 있었다. 유연하면서도 풍성한 눈길이었다. 모든 것을 용해해 들이는 듯한…… 그런 눈길은 난생처음이었다. 강하고 튀는 눈길들은 얼마든지 많이 보아온 터였다. 야심 있는 눈빛, 탐욕에 젖은 눈빛, 욕망에 번들거리는 눈빛, 도발적이고 오만한 눈빛, 매섭고 예리한 눈빛, 차갑고 냉랭한 눈빛, 도전적인 눈빛…… 이런 눈빛들은 대개 이쪽이 단단히 방비하고 있으면 반사되어 퉁겨져 나가기 마련이었다. 그런데 동희의 부드럽고도 깊은 시선은 내 동공을 뚫고 뇌를 통과해 폐 깊숙이까지 들어와 어딘가를 살살 쓸었다. 가슴 저 안이 따뜻해지면서, 전율이 느껴졌다.

"아냐, 뭐 그냥 해보는 소리지. 흔히들 그러니까."

나는 얼른 발을 빼냈다.

그러나, 게이를 찾는다던 지난번의 요구가 번개처럼 떠올랐다. 나는 재깍 그걸 무기로 집어들었다.

"너 참 지난번에 나한테 게이를 소개해달라고 했잖아? 그건 뭐야?"

그렇게 훌륭한 애인을 두셨다면서 그건 무슨 이유야? 하는 뜻이었다. 그녀가 풍성한 시선을 거두어갔다. 그러면 그렇지, 하는 심정이 되어 나는

"그게 너의 그 남자와 관계 있는 일이냐?"

하고 짓궂게 갖다 붙였다. 너희들 사이에 뭐가 있긴 있지? 상식적으로 생각할 수 없는 무슨 사정이 있을 거야. 혹시 그치 성관계 못하는 거 아니야? 혹시 게이 아냐? 그래서 네가 그 애인까지 구해주는 거? 나는 연달아 천박하게 굴렁쇠를 굴린다. 사실, 지식이 많든 적든, 인격적으로 훌륭하든 안 하든 사람의 성적 기호란 알 수 없는 법이 아닌가. 동희와 열네 살 많다는 그 남자 사이

에 망측한 일들이 뒤엉켜 있는 것만 같다.

"연인말고 난 친구를 사귀고 싶어. 남자 친구."

차분한 동희의 음성이 건너왔다.

"친구라고? 정말이야? 니 친구?"

"응."

"남자 친구를?"

"응."

"대체 뭐 하자는 거야? 남자 친구라니?"

결혼할 사람이 있다면서 뭐가 부족해서 그러느냐고 나는 의심에 찬 눈초리로 쳐다보았다.

"말 그대로 친구. 진짜 친구 말야. 평생 서로를 도와주고 이해해주는 친구."

"아유, 웃긴다. 그런 친구가 여자 남자 사이에 있을 수 있다고 생각해? 엄연히 여자와 남자 사인데. 성性이 다르다구."

"성이 다르면…… 결국 남녀 관계로 간단 말야? 그렇지 않은 경우는 전혀 없고?"

"없지. 그게 가능이나 한 얘기야? 다 말장난이지."

"그래, 모험이라고 생각해도 좋고 도전이라고 생각해도 좋지만…… 난 있을 수 있다고 확신해. 전제가 있긴 해."

"전제라니?"

"어떤 경우에도 '애정' 형태로, 말하자면 '사랑'으로 변할 수 없는 안전한 상대하고라면 가능할 거야. 그런 위험성이 있는 사이에서는 안 되겠지. 편의에 따라 이랬다저랬다 하는 사이에서는 안 돼. 예를 들어 〈해리가 샐리를 만났을 때〉라든지 〈내 남자 친구의 결혼식〉에서의 남녀 주인공은 친구가 아냐. 그건 그냥 여자와 남자 사이야."

"그러면? 지난번에 그 영화 얘기하지 않았어? 〈내 남자 친구의 결혼식〉."

"그래, 그땐 남녀 주인공을 말한 게 아니라 남자 조연하고의 관계를 말했잖아. 줄리아 로버츠와 그녀의 직장 상사. 그 사람하고 줄리아 로버츠는 엄연히 친구 사이지. 그런 사이가 부럽단 말야."

"그래서 칙칙하게 게이를 찾는 거야?"

나는 대단히 실망해서 그렇게 말했다. 온갖 상상을 다 했었는데 이게 뭔가.

"칙칙하게라니? 게이들은 여자에게는 이성으로서의 관심을 갖지 않을 거 아냐. 그러니까 순수한 친구가 될 수 있을 것 같아. 다른 것만 맞으면. 취미라든지, 공통 관심사라든지…… 물론 친구가 된다는 게 쉬운 일은 아니지만."

"꼭 게이를 찾아 그런 치들과 그런 관계를 맺어야 해?"

"가장 쉬운 방법이잖아. 각자 자기 연인의 오해를 살 염려도 없고. 연인이나 배우자의 질투가 이성의 친구 사이에서는 가장 큰 적이라구. 그걸 해결해야만 돼. 진정으로 오래가는 우정을 원한다면. 게이야말로 그런 면에서는 안심이잖아. 성적으로 원천 봉쇄가 돼 있으니까."

"말도 안 돼. 그런 웃기는 일을 왜 시도해? 여자 친구도 쌔고 쌨는데."

"내 말을 잘 이해하려고 해봐. 감정적으로 듣지 말고."

"내가 지금 감정적이니? 내 생각엔 더없이 이성적인데."

"여자 친구도 물론 사귀지. 그렇지만 여자한테 여자 친구만 있어야 된다는 건 모순 아냐? 남자한테 남자 친구만 있다면 좀 부족하지 않아? 그런 생각 안 들어? 이 세상에는 남자 여자가 가득 차 있는데. 우린 서로 다른 성에게서 많은 걸 배울 수 있다구. 여자는 남자에게서 진취적이거나 파워풀한 어떤 것들을 얻을 수 있어. 같이 다니고 얘기를 주고받고 관심사를 나누는 것만으로도. 만약 진정한 친구로 거듭난다면 색다르고 특별하고 또 에너지가 넘치는 경험들을 할 수 있을 거야. 둘이서 유래 없는 것들을 구축해낼지도 모르지. 남자들도 여자 친구에게서 섬세하고 감성 어린 무엇들을 얻을 수 있을 거야. 연인이나 부부가 아닌 이성 친구에게서 말야. 동성의 친구도 사실 사귀기 굉장히 어렵잖아. 같은 성이라고 해서 친근함만 있는 게 아니지. 까놓고 보면 반목이 더 큰걸. 흔히 친구래봤자 그냥 같이 다니는 정도야. 혼자서는 너무들 외로우니까."

"아주 친한 여자 친구는 없어?"

나는 그녀의 친구 관계가 의심스러워 물었다.

"있어, 한 명."

"한 명?"

너무 우스웠다. 한 명이라니 원…….

"내 약점이나 단점, 상처…… 그 모든 걸 언제 어디서건 옹호해주고 감싸줄 수 있는 친구는 그 애 하나야."

그 말을 듣자 조금 숙연해졌다. 내게는 그런 친구가 있을까 더듬어본다. 내 약점이나 단점, 상처를 언제 어디서건 감싸주고 옹호해줄 수 있는 친구…… 내게는 그런 친구가 과연 있을까. 친구가 한 명뿐이라고 순간적으로 동희를 비웃었지만 그 한 명도 내게는 없는 것이 아닌가 하는 생각이 들었다. 물론 친구라는 이름으로 같이 어울려 다닌 놈들이야 숱하게 많다. 형식이, 두용이,

민우, 재혁이, 성훈이…… 두용이에게는 가끔 집안 얘기도 털어놓곤 했지만 그 녀석하고조차 속마음을 깊이 주고받은 것 같지는 않다. 끼리끼리 한라산의 소 떼처럼 몰려다니긴 했지만…… 그 소들도 요즘은 뿔뿔이 흩어져버렸고…… 어깨죽지 위로 추위가 엄습한다. 불현듯 외롭다. 외로워 덜덜 떨린다. 사실, 외로운 지는 꽤 되었다. 다만 그것을 인정하려 하지 않았을 뿐이다. 아직도 나는 많은 것을 손안에 쥐고 있고, 그랬으므로 형편없이 외로워서는 안 된다고 고집했던 것 같다. 그러나 솔직히 나는 외롭다. 너무 외롭다. 그래, 나도 동희의 말처럼 그녀를 이성 친구로 사귀고 싶다. 엄밀히 말해 이성 친구일지 연인일지는 알 수 없지만. 하여간 따지지 말고 일단 친해져서 두용이나 재혁이를 만나지 않을 때 이렇게 가끔 마주 앉아 술도 마시고 얘기도 하면 좋으리라…… 그러나 동희는 똑 부러지게 '친구'를 바라고 있다. 절대로 애정이나 사랑으로 변할 리 없는 게이 같은 성분의 친구를.

"야, 내가 니 친구 하면 안 되냐?"

나는 불쑥 말해본다.

"에이, 넌 남자잖아."

"게이 대신 내가 하면 되잖아. 나도 애인 있어."

"정말?"

미심쩍은 듯, 아리송한 눈초리를 던지며 그녀가 반색한다.

"정말이야. 신아영이라고. 무용했던 애야. 요즘은 학원 선생이지만."

"그래? 그렇다면 일단 자격은 얻은 셈이네. 그렇지만……."

"그렇지만 뭐?"

"정말 그녀를 사랑해야 돼. 몇 달 사귀다가 그만두고 어정쩡해지든가 하면 자격 박탈이야. 장차 결혼을 하거나 영원히 애인 노릇을 할 사이라야 된단 말야."

그녀가 정말 그런 사이냐고 나를 살피듯 쳐다본다. 염려 매놓으라는 얼굴로 나는 고개를 끄덕인다.

"만일에 만나다가 석연치 않아지면…… 그땐 즉각 약속한 대로 게이를 소개해주는 거다? 진짜 네 친구 중에 그런 사람이 있긴 있는 거지?"

동희가 진의를 확인하려는 듯 나를 말끔히 들여다본다. 나는 선선히 또 끄덕인다. 우선은 안심이 되는 모양으로, 그녀가 생긋 웃었다. 팽팽하게 당겨진 볼을 손가락으로 톡 튀겨주고 싶었다.

# 어깨동무

 

 

토요일 오후에 동희에게 전화를 했다. 두 번 만났을 뿐인데도 그녀가 매일, 짬만 나면 머릿속을 찾아들었다.

신호가 가자마자 고객이 전화를 받을 수 없다는 사인이 나왔다. 업무 때문에 일부러 꺼놓은 건지, 휴대폰을 집에다 두고 갔는지, 아니면 아예 잃어버렸는지 셋 중의 하나일 터였다. 나는 그녀의 업무에 대해 잘 몰랐고, 세 번째 가능성은 희박하다고 생각되었으므로, 계속해서 재다이얼 버튼을 눌렀다. 하릴없이 카페에 앉아 아이스 티를 시켜 마시며 누르고 또 눌렀다. 그래도 되지 않길래 저녁 일곱 시쯤 그녀의 회사로 걸어보았다. 토요일 오후 일곱 시인데도 그녀의 회사에서는 전화를 받았다. 선일어패럴입니다, 하는 여자의 음성 뒤로 여러 명이 떠드는 듯한 소리가 났다. 나는 동희의 이름을 댔다. 멈칫멈칫하던 여자가 김동희씨이, 하고 멀리로 불렀고, 이윽고 동희가 전화를 받았다.

"바쁜가 보네? 아직도 근무 중이야?"

나는 머쓱해서 그렇게 말을 뗐다.

"응, 지금은 여름 신제품 때문에 정신이 없어. 근데 넌…… 토요일 오후에 혼자 있나 보네?"

하더니

"다음주 지나면 좀 한가해질 거야. 그때 전화해줄래? 꼭?"

하며 내 반응을 기다렸다.

"그러지 뭐."

나는 떠밀리듯 약속했다. 특이한 어법이었다. 지금 바쁘다고만 말하지 않고 다음 언제 전화해줄래? 꼭? 하고 다짐을 받는 것이, 모처럼 전화를 건 이쪽을 무안하지 않게 하려는 배려 같았다.

"저기 말야, 저녁 혼자서 맛있게 먹고…… 동숭아트센터에 가서 베르히만 영화를 봐. 그리고 나중에 나한테도 얘기해줘."

"베르히만 영화를?"

나는 속으로 놀라고 있었다. 동희가 베르히만 영화를…… 물론 영화야 누구나 마음만 먹으면 볼 수 있는 장르다. 그러나 '똥희'가 예사스럽게 베르히만을 입에 올리다니…… 나는 그저 그녀가 의상회사에 다니므로 옷을 반드르르하게 입었지 않았나 생각했고, 공부하는 사람을 애인으로 두어 문자 한두 마디쯤 지껄이나 보다 생각했던 건데, 지금의 어감으로서는 그녀가 진짜 고급 문화인이 되어 있는 듯한 느낌이 들었다.

"난 굉장히 보고 싶은데도 지금 못 보고 있거든? 두 편 봐도 될 거야. 내일도 심심하면 또 가서 봐. 추모 행사로 일주일 동안 일곱 편인가를 한다고 했어. 동숭아트센터 알지? 영환 혼자 봐야 좋아."

그녀는 나를 무료함에서 꺼내 영화 예술 속으로 떠밀었다.

나는 영화를 보러 아트센터에 가는 남자가 아니었다. 그러나 동희 때문에 모처럼 그곳에 갔다. 스웨덴에서 금방 도착한 필름이라 화면 상태가 아주 좋다든지, 〈가을 소나타〉〈외침과 속삭임〉〈한여름밤의 미소〉와 같은 잘 알 수 없는 영화 제목들, 눈이 시원해질 거라는 부추김에 선동되었다. 인생에 대해 음울하고도 징글징글하다는 감독의 시선과, 그런 시선이 마음에 들면서도 또 속상하다는 동희의 느낌을 나도 느껴보고 싶었다.

그날 밤은 그렇게 문화적으로 흘러갔다.

일주일 후에 나는 또 그녀에게 전화를 했다. 아침에 출근해서 낮 동안은 그럭저럭 초록색 판과 눈싸움을 벌이고 있었지만(나는 전자회사에서 회로 설계를 하고 있다), 퇴근을 하는 저녁 일곱 시나 여덟 시쯤이면 마음이 착 가라앉으며 누군가에게 전화를 하고 싶었다. 그 누군가가 내게는 요즈음 동희였다. 지난주에 만나지 못해서 사실은 더 안달이 났다. 아영이한테서는 전화가 올까 봐 미리 핑곗거리를 준비하고 있었다. 친구 녀석들 중 형식이와 민우는 중국과 미국에 가 있었고, 성훈이는 신혼 초였으며, 두용이는 창원에 있었고, 재혁이는 바야흐로 연애 중이었다. 재혁이를 더러 만나긴 했으나, 삼십 분도 못 되어 피앙세로부터 연락이 오곤 했다.

나는 대개 우리 회사가 있는 퇴계로 3가에서 을지로 쪽으로 천천히 걸어 스카라 극장까지 나온다. 주머니에 손을 찌르고 모퉁이에서 두리번두리번 누군가를 기다리는 척하기도 한다. 그러나 물론 나에게 다가오는 사람은 없다. 나는 가끔 이를 드르륵 부딪치며 헤어진 아내를 생각했고, 그녀와 연애할 때를 떠올리기도 했고, 지금쯤 압구정동이나 피카소 거리를 헤매며 여자 친구와 갖은 짓을 다 하고 있을 재혁이를 생각했고, 급기야는 딸기며 냉면이며를 사다 바치며 애아범이 되어가고 있을 성훈이를 떠올렸다. 어른이 된다는 것은 참 재미없고도 서글픈 일이었다. 아주 어른이 되어, 아이들을 다 키워놓고 서로 낚시를 즐기거나 휴가를 같이 보내게 될는지도 모르긴 한다. 그러나 지금은 우정에 관한 한 과도기 같았다. 모두들 자기 인생의 멍석을 펴는 중이었고, 이유 없이 몰려다니며 키들대곤 했던 즐거움은 사라져 버렸다.

나는 전철역에서 전철을 탈까 하다가 문득 공중전화 부스 쪽으로 걸어갔다. 주머니에 휴대폰이 있었지만, 전화기 뒤에 길게 줄을 서서 누군가에게 긴한 연락을 하려고 기다리는 얼굴들을 보자 옛날이 그리웠기 때문이다. 나는 베르히만 영화 속 인물들처럼 심각한 듯 얼굴을 약간 찡그리고 그들 뒤에 섰다가 차례가 되자 다이얼을 눌렀다.

"여보세요?"

동희의 음성이 먼저 들렸다.

"나야, 나. 도현이."

"아, 그래, 잘 지냈어?"

그녀는 머릿속을 비잉 회전시키는 듯 말투를 느리게 끌면서 나와의 전번 대화를 떠올리는 것 같았다. 그러더니 제 쪽에서

"영화 봤어?"

하고는 마치 우리 사이에 필요한 용무가 있었던 것처럼 분위기를 띄웠다.

"봤지. 그래서 지금 이렇게 심각한 얼굴로 너한테 전화하잖냐. '죽음'의 방문을 받고 체스 놀이로 생을 거는 영화를 봤다구. 엄청 지루하더군. 그 친구 표정을 흉내내보고 있는 거야."

"하필 제일 무거운 걸 봤나 보네. 〈제7의 봉인〉을 본 거야?"

"그랬지. 내가 가니까 그걸 하던데? 날짜와 시간별로 레퍼토리가 정해져 있어서 내 마음대로 고를 수가 없었어."

"고생했네. 너한텐 그 영화가 꼭 필요했나 보다."

"맙소사, 눈에 눈곱 끼던데."

그녀는 하하, 하하 오래도록 웃었다.

"나 지금 공중전화야. 지하철 역 안의. 그럴싸하지?"

"지하철 역? 휴대폰을 두고 왔어?"

"아니, 주머니에 있어."

"근데 왜? 통화료 아끼는 거야?"

"여기 줄서 있는 사람들을 보니까 옛날처럼 나도 전화하고 싶어져서."

"와, 근사해. 너한테도 그런 점이 있었나? 차는 두고 다녀?"

"응, 주차 때문에. 과장급 이하한텐 주차 공간이 배당 안 돼."

"그래서 지하철 타고 다닌단 말이지?"

새로운 걸 발견했다는 듯 그녀의 목소리가 높아졌다.

"나와라. 지금쯤 봄 상품 끝난 거 아니야? 아니 여름 상품이랬나?"

"끝나긴 끝났는데…… 아직 긴장 상태거든. 거기 어디야?"

"명동."

나는 여기가 을지로 3가 역이라는 생각을 하면서 입으로는 그렇게 말했다.

"명동? 그러면…… 괜찮다면 니가 홍대 앞쪽으로 와줄 수 있을까? 난 한 삼십 분 더 있어야 나갈 거 같거든. 시간을 맞추려면 그러는 게 나을 것 같애. 내가 그리로 가자면 네가 좀더 기다려야 하고."

나는 선일어패럴의 본사가 합정동이라는 것을 문득 떠올렸다. 동희의 집도 아마 합정동이라고 했던 것 같았다. 어쨌건 그녀의 생활권은 신촌인 모양이었다. 나하고는 가까운 거리였다.

"그러지 뭐."

나는 수화기를 내려놓고 폼으로 내려가 전철을 탔다.

상의를 벗어 든 사람들이 이른 더위에 땀을 흘리며 전철에 실려 가고 있었다. 나는 막연히 내가 동희에게 있어서 어떤 존재일까 생각했다. 그녀가 자기에겐 남자 친구가 있다고, 결혼할 거라고 말했지만, 그치는 그녀보다 열네 살이나 많다고 했고, 또 옛날에 이미 유학 생활을 거쳐 대학 강사를 지냈다니 어쩐지 그녀와는 격차가 있을 것 같았다. 나이만 해도 세대 차이가 좀 나겠는가. 좋은 점도 있긴 하겠지만…… 그녀가 남자 친구를 찾는 것도 괜한 짓이 아니라고 여겨졌다. 그러니 내가 잘만 한다면…… 나는 뿌연 희망을 가지고 전철에서 내렸다.

출구로 나가자마자 골목 입구에 카페 고흐가 보였다. 나는 시계를 보며 나무 계단을 올라갔다. 사과 궤짝 같은 질감의 거친 송판으로 벽면을 장식한 데다 역시 거친 터치로 흰색과 살색을 섞어 페인트칠을 해놓아서, 실내는 고흐가 살던 시절의 유럽 시골집 맛이 났다.

동희는 아직 와 있지 않았다.

테이블마다 담배 연기가 뿌옇게 서리어 있었다. 나는 구석자리에 앉아 무연히 젊은이들을 바라보았다. 벌써 내 젊은 시절은 지나가버린 건가…… 회한이 가슴을 적셔왔다. 내년이면 서른이 되는 것이다. 내 생은 지금 반쯤 실패해서 따분하게 흘러가고 있었다. 삼 년 전에는…… 대기업 계열 회사에 취직한 것만으로도 뭔가를 이룬 것 같았었다. IMF 직후라 취직이 잘 안 될 때였으니까. 그러나 사회에 발을 내디디고 세 번째 봄을 맞는 지금 내 직장은 마치 햇빛이 들지 않는 동굴 속 같다. 어디를 보나 어둑선하고, 도무지 비전이 없어 보인다. 나는 공대 출신이므로 노트북 파트의 회로 설계 부문을 담당하고 있는데, 하루 종일 회로 도면과 초록색 회로판을 들여다보며 칩들을 어떻게 박아 넣을 것인가 그것만 궁리한다. 내 주변의 동료들이며 상사, 후배 모두가 공대 출신이고, 하는 일, 생각하는 거, 하다못해 표정이나 생김새까지 비슷비슷하다. 무슨 신나는 일이나 매혹적인 사건, 발랄한 생기 같은 것은 눈 씻고 찾아보려 해도 없다. 요즘은 솔직히 이렇게 늙어 죽을까 봐 겁난다.

옆자리가 시끄러워지고 있다. 동아리 모임인지 테이블을 두세 개 붙여놓으며 남녀 학생들이 엇섞여 앉는다.

동희가 들어온다. 오늘은 베이지색 스프링 정장을 입고 있다. 트렌치코트 같은 느낌을 주는 롱재킷이 멋스럽다. 옆자리의 학생들이 내 앞에 와 앉는 그녀를 모두들 훑어본다.

"오래 기다렸어?"

동희의 얼굴에는 피로의 기색이 드리워 있다.

"아니, 나도 금방 왔어."

"다행이네."

"퇴근할 때 윗사람 눈치 봐야 하고 그래?"

"딱 그렇지는 않아. 그렇지만 실장님 스케줄을 체크해야 해."

"실장님? 디자인?"

"응. 그렇지만 난 패턴사야. 디자이너가 아니고."

"패턴사가 뭐야?"

나는 당연히 그녀가 디자이너라고 생각했었다.

"옷을 만들려면 디자인, 패턴, 커팅, 봉제 등의 과정이 필요해. 디자이너가 쓰윽 디자인해놓으면 패턴사가 본을 뜨는 거야. 옷 본."

"디자이너 밑에 붙어 있는 거야?"

"붙어 있다구? 그 표현이 좀 그러네. 아무튼 그렇다고 할 수 있지. 일반인한텐."

"일반인한텐? 그럼 너한텐 어떻게 달라?"

"패턴사는 디자이너하고는 아주 달라. 디자이너는 감각만 있으면 되지만 패턴사는 감각에다 기술적인 실력이 뒷받침돼야 돼. 게다가 봉제 부분도 완전히 알아야 패턴 제작이 가능하거든. 그래서 테스트에 합격해야 채용이 돼. 거의 전부. 패턴사로 오래 있으면 디자이너가 된다든가 하는 개념이 아냐."

"그럼 패턴사로 계속 직급이 올라가는 거야?"

"그렇다고 할 수 있을까? 그렇지만 나이가 들면 감각 때문에 오히려 밀려나. 국제적인 패턴사들은 나이 든 사람이 없어."

"그거 묘하네."

"그래서 실력을 인정받은 패턴사들은 고가의 연봉을 받으며 좋은 여건에서 일하지. 내가 뭐 그렇다는 건 아니고."

"디자이너보다 나은 거야?"

"낫다 아니다라고 대답할 수 없어. 그렇지만 디자이너는 요즘 공급 과잉 상태야. 유학파, 국내파 해서 와글와글 넘쳐나지. 패턴사는 과거엔 고졸 중졸자들이 주로 했었대. 한국 옷이 그저 그럴 때지. 그렇지만 요즘엔 학력이 높아졌고 외국에서 패턴사 자격증을 딴 사람들도 많아. 디자이너가 아무리 멋지게 디자인해 놓아도 패턴사가 영민하지 않으면 그 모양을 못 내거든. 디자이너는 디자인만 하는 거니까."

"디자인만 한다는 게 무슨 뜻이야?"

"겉모양의 흐름만 제시하는 거야. 스타일화로. 그 그림을 보고 패턴사가 어떻게 하면 저 모양이 나올까 연구해서 패턴을 뜨는 거지. 실제로 옷을 몸에 입게 하려면 인체의 구조랑 그 기능성이랑 잘 궁리해봐야 될 거 아냐. 모양도 물론 중요하고. 그래서 요즘은 오너들도 제대로 된 패턴사를 키우려고 무척 노력해. 실력을 인정받으면 오히려 탄탄하게 대접받으며 일할 수 있는 게 패턴사야."

"옷에 대해 모르고도 디자인할 수가 있는 거야?"

"있어. 디자인은 다른 감각이야. 다른 여러 가지와 연계된 종합적 느낌이지. 세계적인 디자이너들 중에도 옷의 구조에 대해 전혀 모르는 사람들이 꽤 있어. 그런 사람들은 훌륭한 패턴사들과 짝을 이루고 있지."

"너는 그럼 매일 본을 떠?"

"매일은 아니고 필요할 때 뜨지."

"작업대에 큰 종이를 펼쳐놓고 모양자로 그리는 거야?"

"애는! 지금이 어느 땐데? 캐드CAD로 하지."

"컴퓨터 작업을 하는 거야?"

'캐드'라는 말에 놀라 나는 반사적으로 물었다.

"그럼. 요샌 기계니 건축이니 다 캐드로 설계하잖아. 너도 그러는 거 아냐? 가끔 수작업을 할 때도 있긴 하지. 아주 까다로운 경우엔."

"너 컴퓨터 배웠겠다?"

그녀가 나를 물끄러미 바라보았다. 말이 잘못 나간 걸 나도 알았다. 그러나 CAD라면 Computer Aided Design, 즉 컴퓨터 지원 설계 프로그램이다. 나는 어쩐지 긴장이 되었다. 내 영역을 침범당한 기분이라고나 할까. 그녀가 어떻게 해서 컴퓨터를 이용하는 패턴사가 되었는지, 대학을 나온 건지…… 그런 것들이 두루 궁금했다. 설계 프로그램이라면 결코 쉽지 않을 것이었다. 그것은, 의상이라 해도, 상당한 수학적인 머리와 그 방면에 대한 역학적 실력 위에서 운용될 터이다. 그녀가 그런 고급 사용자가 되었다는 것에 대해 납득할 만한 설명이 필요했다.

컴퓨터 학원이나 복장 학원을 나온 것일까? 그런 정도로도 단시간 안에 저렇게 일급 직업인이 되어 긍지를 가질 수 있는 걸까? 내 의아스런 눈동자에 그녀가 웃음을 머금고 답했다.

"이태리에서 공부하고 돌아온 선생님이 개인 지도를 해주셨어. 이태리 패턴사 자격증을 따고 우리나라 대기업에 스카우트된 분이야. 운이 좋았지. 그분 밑에서 모두 배웠어. 물론 캐드 기능을 익히러 학원에도 잠깐 다녔고. 그분이 지금도 이끌어주고 계셔."

그렇다면? 대학은 안 나왔다는 말인가? 어지간히 똑똑해서 그런 사람 눈에 들긴 했겠지만…… 나는 여전히 학력에 집착하는 나 자신을 어쩌는 수 없었다.

"학교 다닐 때 수학 잘했나 보지?"

나는 그렇게 찌르고 만다.

"그래, 나도 고등학교 땐 공부 좀 했어. 이상해? 내가 이런 걸 하고 있어서?"

그녀가 씨익, 입술을 벌리며 웃었다.

"아니."

"이상할 거야. 너희들 짐작엔 내가 파출부 같은 걸 하고 있을 줄 알았겠지. 원체 형편없었으니까. 실망시켜서 미안하다. 인생엔 변수가 많아."

그녀의 입술이 베이지색 재킷 위에서 더 팽팽하게 반달을 그렸다.

"나가자. 오늘 뭐 만나자마자 내 이력에 대해 브리핑한 것 같은데. 취직하려고 큰 회사의 중역 앞에 선 것 같애. 이젠 더 알 거 없지?"

그녀가 핸드백을 챙겨 들며 일어섰다. 나는 급히 따라나가 그녀를 제치고 계산을 했다. 계단을 내려오면서, 나는 그녀가 기분이 나쁘지 않을까 짐작했다. 내가 지금까지 그녀에게 한 질문들은, 그녀를 알기 위해 던진 솔직한 것들이었지만, 어쨌건 그녀의 입장에서 보면 모욕적인 것일 수도 있었다. 나는, 디자이너 밑에 붙어 있는 거야?라고 했고, 매일 본을 떠?라고도 했고, 컴퓨터 작업을 한단 말야? 컴퓨터 배웠겠다? 하고는, 그것도 모자라 학교 다닐 때 수학 잘했니? 하며 끝내 의심을 풀지 않고 간죽거린 셈이었다. 왜 그랬는지 모른다. 아니, 왜 그랬는지 나는 알고 있다. 선입견을 지우기가 그만큼 어려웠던 것이다. 그런데도 그녀는 티를 내지 않고 나의 불손함을 다 받아주었다. 아내 같았다면…… 어림도 없는 일이었다. 하늘이 두 쪽 날 듯 펄펄 뛰며 시퍼렇게 덤벼들었을 것이다. 동희의 이런 여유가 어디에서 나오는 것인지 알 수 없었다. 그녀가 구사하는 말, 그녀의 생각, 머릿속에 흐르는 문화, 세련된 옷차림…… 매끈한 얼굴에서 뿜어져 나오는 은은한 자신감…… 나는 그녀에게 미안했고, 사과해야 된다고 생각했다. 그러나 어떻게 해야 할지 궁리가 서지 않았다.

"밥은 내가 살게. 이 동네까지 왔으니."

오히려 그녀가 먼저 내게 앞섶을 펼쳤다.

"이쪽은 좀 번잡하니까…… 저기 주차장 있는 데 알지? 그쪽으로 가자."

그녀가 나를 길 건너로 잡아끌었다. 우리는 시장 골목을 지나 큰길을 또 건너 음식점가로 갔다.

"뭘 먹을까? 파스타도 괜찮아? 아니면 한식?"

"응, 그래, 여기 들어가자. 너 괜찮으면."

우리는 이태리 음식점 '아지오'로 들어갔다. 그녀가 내게 메뉴판을 보였고, 우리는 해물 스파게티와 맥주를 시켰다.

기분 나빴어? 미안해,라고 말할까 나는 망설였다. 내가 말을 함부로 해서 기분 나빴지? 하고 어깨를 두드릴까도 생각했다. 아내에게는 이런 느낌을 가져본 적이 없었다. 사과하고 싶은 기분이 되도록 아내는 나를 내버려두지 않았다. 그러나 결국 나는 가만히 있었다. 한 번 더 상기시켜 말하는 것이 오히려 그녀를 한번 더 기분 나쁘게 할지도 몰랐기 때문이었다. 우리는 말없이 스파게티를 먹었다. 그녀는 익숙하게 면을 포크에 감아 입으로 가져갔다. 이태리에서 공부한 선생에게서 배웠다더니 그 사람이랑맨날 이태리 음식만 먹으러 다녔나? 하는 생각이 들며, 그럼 그사람이 남자인가? 하는 궁금증이 비로소 들었다.

"개인 지도 해주었다는 선생님 말야, 남자야?"

내 치사함은 또 시작되고 있었다.

"아니, 여자. 여자 선생님."

"으응."

여자에게도 잘 보였다는 것이 웬지 신뢰감 비슷한 것으로 다가왔다.

"어떻게 그런 사람을 만나게 된 거야?"

나는 캐물으려는 투가 되지 않으려고 애쓰면서 조그맣게 물었다.

"다들 그렇게 해. 별거 아냐. 내가 그 회사에 취직을 했고, 마침 새로 부임한 그분 눈에 띄었던 거지. 패턴사들은 요즈음 대부분 그렇게 개인 지도를 하고 또 자기가 가르친 후진들을 이끌어 줘. 소림사의 사부처럼."

"듣기만으로는 니네 동네는 아주 열린 세계다? 바람직하고."

승진에 관한 한, 바로 윗사람의 근무 평가가 있다고는 해도 조직 경영의 차원에서 엄격히 관리되는 우리 회사를 나는 생각했다.

"적성이 맞는 성격을 만나면. 꼼꼼하고 차분한 사람이 요즘은 적으니까. 시접 넣는 방법이나 부속 처리 방법을 모르면 조수 노릇도 제대로 시킬 수 없는 게 패턴사거든. 아랫사람을 키워놓아야 자기도 편하지."

"그런가?"

"근데, 야. 내 얘기 좀 그만 물어봐라. 니가 하도 신기해해서 좀 떠벌렸지만 대단한 직업이 아니야. 그저 든든한 기술 직종이라는 거지. 나 같은 사람한테는 말야. 니네들한테야 뭐 우습잖니? 이제 니 얘기 좀 해봐라."

"내 얘기? 지난번에 다 하지 않았나? 맨날 똑같은 사람들과 회의하고 분석하고 설계하고…… 뜯었다 붙였다 뜯었다 붙였다…… 따분하다고……."

웨이터가 그릇을 치우고 후식을 내왔다.

"그 사람하고는 좋아?"

나는 넌지시 화제를 돌렸다.

"응. 별다른 게 없어. 늘 똑같지."

"언제 만나? 그렇게 바쁘면서. 또 오늘 같은 날은 날 만나고 있잖아."

"자주 못 만나. 내가 짬을 내서 찾아가야 하는데 요즘 정신이 없었잖아. 너는?"

"나도 그래. 오래된 사이라서 술에 물 탄 듯 물에 술 탄 듯 ……."

"결혼 전부터 알았던 사이야?"

"그렇지."

"그거 때문에 와이프가 돌아선 거야?"

"아냐. 와이프에겐 와이프 문제가 있었어."

나는 머뭇거렸다. 그녀는 내 눈치를 보며 더 이상 묻지 않았다. 내가 다른 얘기를 꺼냈다.

"근데 말야, 지난번 네가 한 말 중에 이해 안 가는 게 있어. 남녀가 친구 사이로 사귀면 다른 성에게서 많은 걸 배울 수 있다고 했잖아? 그래, 그 말은 맞는다고 쳐. 납득할 수 없는 건 그런 걸 왜 꼭 이성 친구한테서 찾아야 하는가야. 남편이나 아내한테서 취하면 되지. 평생 곁에 있는데."

"너도 참, 생각해봐라. 연인이나 부부는 이미 둘만의 파워 게임이 시작된 관계 아냐. 주도권을 놓고 티격태격 밀고 당겨야 하니 진짜로 우정 어린 교유는 불가능하다구. 그 관계에선 차라리 거래가 효과적일지도 몰라. 내가 이걸 해줄 테니 당신은 그 선까지 양보해달라, 하는 식으로."

"거래라구?"

신성한 결혼에 그런 언사를 쓰는 것이 놀라웠다. 특히 그녀 같은 사람이. 그러나 그녀는 개의치 않는 듯, 냉정하고 가차없었다.

"결혼 생활이란 게 뭐냐? 성인이 된 타인과 타인이 갑자기 생활을 합친 거잖아? 갈등을 피할 수 없어. 섹스할 때를 빼고는. 섹스할 때도 어떨지 모르지. 사람은 어차피 이기적인 동물이니까. 자기의 충족감을 위해서 상대방을 이용할 거야. 그 행위가, 아니 동작이 상대방한테도 똑같이, 아니 더 많이 만족을 줄 때만 마음이 합치될 거라구."

"그렇지 않아. 넌 뭘 몰라."

"부부 생활은 쌍방의 이기심을 조정해서 이루어지는 거야. 조정이 잘되면 성공적인 거지. 사랑으로 모든 게 해결되는 것처럼들 말하지만 시간이 지나면서 사랑은 김이 빠져버려 아무 역할도 못하잖아. 너도 경험했지? 그럴 때 이해관계가 없는 상대가 필요하단 말야. 같이 살 필요가 없는 이성 친구 같은…… 동성의 친구도 중요하지만 이성의 친구가 반드시 필요해. 만약 부부 간의 불화를 의논한다고 쳐봐. 동성의 친구는 이해에 한계가 있어. 상대방의 입장을 잘 모른다구. 자기도 같은 성이니까. 모르는 사람들끼리 입을 맞춰 흥분하고 분노하고 배로 격앙되어 일을 망치는 경우가 얼마나 많아? 아직도 내 말을 이해 못해?"

"니 남자는 니가 이러는 거 알고 있니?"

"알아."

"안다구?"

나는 경악하는 표정을 지었다.

"지금의 나는 거의 그에게서 영향받은 결과물이야."

그녀는 입을 다물고 내 얼굴을 훑었다. 자기의 얘기가 먹힐지 안 먹힐지 타진하는 것 같았다. 망설이는 듯하더니, 천천히 말을 이었다.

"설명하기 복잡한데…… 아직 정립되지 않은 인간관계학 비슷한 게 그가 몰두하는 분야야. 그는 '사랑'에 관한 논문을 써. 사람들 사이의 사랑. 여러 가지 사랑 말야. 그가 그러는데 우리 모두에겐 또 다른 형태의 '관계'가 필요하대. 시간이 지나도 변하지 않는…… 내가 그걸 모색해보는 거야."

"도깨비에 휘둘리는 기분이네."

"생각이 굳어 있어서 그래. 나도 처음엔 그랬지. 그런데 이젠 달라졌어. 책도 몇 줄 얻어 읽고 논쟁도 벌이고 하다 보니까 시야가 넓어진 것 같애. 새로운 것에 직면했을 때 사람은 가능하면 자기를 멀리서부터 바라봐야 해. 눈앞에 보이는 현재만 볼 게 아니라 먼먼 옛날로부터 사람들 전체 속에서 봐야 한다구. 그러면 수많은 일생이 한꺼번에 보이고 내 조그만 답답증이나 조급증 같은 것은 사라져. 내가 반창회에 나갔던 것도 아마 나를 멀리로부터 바라보고 싶어서였을 거야."

"그래서? 좋았어?"

다른 애들 같으면 동희 같은 경우에 반창회에 나오지 않았을 것이라는 생각을 하며 나는 물었다.

"널 만났잖아. 인생에 만남처럼 중요한 게 어디 있니?"

"애인도 있다면서 뭘."

"네가 친구 해준다고 했잖아? 잊어버렸어?"

"아 참 그랬지, 친구."

"캘리포니아 북부의 험볼트 지역이라고 알아?"

"험볼트 카운티? 들어본 것 같은데?"

"들어봤을 거야. 지구상에서 가장 큰 삼나무숲이 있다니까. 난 언제나 내가 그런 거대한 원시림 속에 서 있다고 상상해. 굉장하잖아? 거기에는 키가 백 미터가 넘고 무게가 이천 몇백 톤이나 되고 수령이 사천 년에 육박하는 나무들이 빽빽이 엄청나게 솟아 있어. 칠백 년 된 것은 아예 아기 나무고 씨앗이 발아하는 데만도 칠십 년이 걸린대. 거기에 내 조그만 아카시아 나무가 잎을 틔우고 귀엽게 서 있는 거야. 바늘처럼. 이제 이십구 년 된 거지."

그래서? 하는 눈길로 나는 그녀를 쳐다보았다.

"눈만 뜨면 거대한 원시림이 보이고 모든 나무들의 일생이 몸으로 깨달아지지. 뭇 나무들의 역사와 키와 무게와 의연함을 생각해봐. 그들이 마셔댔을 수많은 세월의 공기를. 내 잎사귀가 몇 갠가 하는 따위의 불평은 우스워지고 마음이 툭 트여."

"너, 꽤 유식하다?"

나는 또 이죽거리는 말투가 되었다. 너 정말 색다르다? 정도로 받아야 할 말이었다. 그녀가 조금이라도 그럴싸한 소리를 하면 예외 없이 엇나가는 내 심보가 창피스러웠다. 나는 분위기를 바꿔야겠다고 생각하고 계산서를 집었다.

"이 집 너무 덥지?"

그녀가 끄덕였다.

우리는 가방을 챙겨 들고 파스타집을 나왔다.


어디로 갈까, 하고 길을 건넜다. 택시를 탈까? 멀리로 가볼까? 나는 시계를 보았다. 아홉 시가 조금 넘고 있었다.

차가 수중에 없다는 사실이 새삼스럽게 떠올랐다. 그 차를 몰고 다닐 아내의 얼굴이 스쳐 지나갔다.

"여기 좀 앉았다 가자. 시원한데."

그녀가 내 동의를 구하며 어린이놀이터로 들어가고 있었다. 나도 따라 들어갔다. 어두운 모래밭을 사막처럼 걸어 우리들은 그네에 앉았다. 흔들흔들 몸을 띄웠다.

"니가 나한테 도시락 주었던 거 생각나? 육학년 때."

어둠 속에서 그녀가 말했다.

"도시락을?"

"응, 먹지 않은 걸 말야. 통째로."

"그랬었어?"

"만두랑 생선튀김이랑 야채볶음이랑 들어 있었지."

생각이 나지 않았다. 언제 내가 도시락을 주었단 말인가? 그러나 어렴풋이 그녀가 궁지에 몰렸을 때, 그러니까 아이들이 걸레대로 그녀를 마구 짓이길 때 급한 나머지 돌파구로 뭔가를 던졌던 것 같은 기억이 났다. 그것이 아마 도시락이었나 보다. 아이들이 의아해하며 물러났고, 그녀는 그 도시락을 먹었었던가.

"너에 대한 느낌이 좋아."

그녀의 목소리에 습기가 어렸다. 나는 그녀의 그네를 끌어당겨 어깨동무하듯이 그녀를 안았다. 그녀는 가만히 있었다. 나는 그녀의 뒤쪽에서 머리를 포개고 있다가, 목덜미에 살짝 입술을 댔다. 피부는 부드러웠고, 머리칼에서는 풋과일 냄새가 났다. 나는 그녀의 냄새를 들이켰다. 내 안의 욕망들이 아우성치며 끓어올랐다.

# 여 행

　그녀에 대한 생각 때문에 잠을 이룰 수 없었다. 잠이 들 때나 잠에서 깨어날 때, 나는 날이면 날마다 이유 없이 그녀를 갈구했다. 목덜미에 입술을 대던 순간의 느낌이 심장에서부터 손끝 발끝으로 아스스 퍼져나가면 나는 어쩔 줄 모르고 엎드려 베개를 가슴팍으로 밀어 박으며 마치 그것이 그녀이기나 하듯이 쓰다듬고 입맞추며 격렬히 떠내려갔다.

　이런 경험은 처음이었다.

　아내와 연애를 할 때, 처음 얼마 동안은 비슷한 느낌이 들었던 것 같기도 하다. 그러나 곧 별 감정 없이 섹스를 하게 되었고, 나중에는 섹스하는 나 자신을 천장에 떠 있는 카메라가 무대를 내려다보듯이 객관적으로 바라다보며 행위를 했다. 그러니까 욕구를 충족시키는 내가 있었고, 그것을 의식하는 또 하나의 내가 차갑게 존재하고 있었다. 아영이와도 거의 마찬가지였다.

그러나 지금의 이 기분은 그 두 가지가 합쳐진, 의식이 감정으로 들어와버린, 가슴이 터질 듯 아찔한 것이었다. 더구나 그 상태가 몽롱하도록 감미로워서, 나는 짬만 나면 환상 속으로 빨려들어갔다.

견딜 수 없는 나날들이 흘러갔다.

내 이 감정이 사랑인지 욕정인지 구분할 수 없었다.

나는 내 욕구를 적나라하게 꺼내서 만져보았다. 내가 날마다 구체적으로 그녀의 몸을 갈구하고 있는 건 부정할 수 없는 사실이었다. 그러나 어쩐지 이것을 욕정이라고 단정짓기는 싫었다. 왜냐하면 다른 여자들한테는 이런 욕구가 일지 않으니까. 섹시하게 붙는 옷을 입거나 과감한 노출을 한 아영이를 봐도, 남자를 아예 자극하기로 작정한 차림새들을 봐도 이런 느낌이 들지 않으니까. 그렇다면, 이것이 사랑이라면…… 나는 과감히 행동을 취해야 했다.

나는 궁리 끝에 결심했다. 그녀에게 내 마음을 고백하기로.

그러나 작전이 필요했다. 그녀는 지금 나를 '이성 간의 우정'

을 실험할 모르모트로 보고 있었다. 또 결혼해서 평생 같이 살 남자가 곁에 있었다. 여간해서는 그녀의 의지가 변하지 않을 것 이었다. 어떻게 해서든, 비상 방법을 동원해서라도 그녀의 마음 가까이로 접근해, 감동시키거나 굴절시켜서, 진심을 얻어내는 수밖에는 없었다.

내가 기대는 것은 단 한 가지였다. 그녀가 내게 좋은 감정을 품고 있다는 사실이었다. 혐오하거나 증오하지는 않는다는 사실 이었다. 너에 대한 느낌이 좋아,라고 그녀는 말했었다. 육학년 때의 도시락 위에다 나는 베이스캠프를 쳤다.

여름 휴가를 나는 염두에 두었다.

그러나 오랜만에 통화가 된 동희는,

"여름 휴가라고? 우린 시월에나 그럴 짬이 생길 것 같은데?"

하며 한가로운 내 제의를 어처구니없어했다.

나는 다시 작전을 짰다. 재혁이에게서 차를 빌리고, 금요일에 우연인 척 그녀에게 전화를 해서, 예사로운 말투로

"야, 너 내일 어디 가니? 서해대교에 가보고 싶어서."

하고 무작정 낚싯대를 던졌다.

"서해대교?"

찌가 금방 움직였다.

"같이 안 갈래?"

"글쎄, 니 애인은?"

그녀는 서해대교에 가보지 않은 모양이었다. 하긴 남자 친구가 공부만 하는 위인이라니 그런 데도 데리고 가지 않았을 것이었다. 나는 나의 전략이 어떠해야 하는지 명확히 깨달았다. 그녀는 정신적으로야 그치한테 절대적으로 의지하고 있는지 모르지만 일상에서는 커플로서의 재미를 누리지 못하고 있는 것 같았다. 그 빈 곳을 내가 채워주면 실마리가 생길 것 같았다. 차를 다시 한 대 살까, 하고까지 나는 생각했다.

토요일 오후 세 시에 나는 그녀를 이대 앞에서 태웠다. 토요일의 신촌은 아수라장이었다. 로터리를 통과하는 데만도 사십 분이 걸렸고, 동교동, 합정동을 거쳐 양화대교를 건너는 데 훌쩍한 시간이 넘어버렸다.

나는 일단 광명 쪽으로 방향을 잡았다.

"연습하는 데 안 가봐도 돼?"

차가 비로소 달리기 시작했을 때 동희가 물었다. 내 애인으로 되어 있는 아영이에 대한 얘기였다. 아영이가 공연을 앞두고 연습 중이어서 함께 갈 수 없다고 핑계를 댔던 것이다.

"응."

나는 건성 대답했다.

"남자 친구가 이럴 때 자주 가봐야 하는 거 아냐? 공연하는 일행들 간식 같은 걸 근사하게 준비해가지고."

"글쎄……."

나는 뭐라 할말이 없었다.

"그 친구한테 내 얘기 했어?"

동희가 다시 물었다.

"못 했어."

"나중에 알려지면 어떻게 하려고? 변명해야 하잖아?"

"변명하지 뭐."

"남자들은 참…… 오해하면 골치 아프잖아?"

"골치 아파도 할 수 없고."

"무슨 그런 무책임한 말을 해? 오래 전부터 사랑한 사이라면서?"

"흐응……."

"야, 똑바로 말해. 난 니 친구다?"

"니가 그렇다니까 그런 거지 뭐."

"왜 그렇게 뒷걸음질이야? 지난번에 다 동의했으면서."

"난 아직도 솔직히 니 말이 뭐가 뭔지 모르겠어. 어떻게 남자 여자가 친구가 될 수 있는지."

"야, 촌스럽게 왜 그래? 이런 시도는 벌써 여러 인류가 해본 거야. 너, 마야인들 알지?"

"마야? 남미의?"

"그래, 그들 중의 일부도 그랬어. 지금 과테말라에 살고 있는 그들의 후손인 소수 부족한테 실제로 그런 관습이 남아 있다구."

"관습이? 남자 여자가 친구 하는 관습이?"

"그렇다니까. '카마라다'라던가? 며칠 전에 내가 워드로 정리를 했는데…… 아무튼 그 비슷한 명칭이야. 그건 말하자면 이런 거야. 여자 남자 가리지 않고 둘씩 단짝 커플을 이루어 공공연하게 교유하는 거. 그들 둘은 구애처럼 공식적으로 서로 계약을 해. 그리고는 같이 춤추고 껴안고 일심동체처럼 돌아다니지. 그렇지만 성적인 관계는 아니야. 단지 외로움을 덜기 위해서, 자기 안의 불안이나 세상의 불신과 싸우기 위해서 특별한 관계를 추구하는 거야. 한 개체로서는 너무 미약하니까. 또 너무 외로우니까. 아프리카의 어떤 종족 사이에서는 남자와 여자가 혼성 우정으로 평생 밀접한 관계를 맺고 있기도 하고."

"그게 무슨 말이야? 그 사람들은 그럼 결혼은 안 해?"

"하지. 각각 다른 사람들과 결혼을 해. 배우자가 각자 따로 있어."

"왜?"

"왜라니? 결혼 생활만으로는 불완전하니까."

"결혼 생활만으론 불완전하다고?"

나는 귀가 번쩍 뜨였다. 맨 처음에도 동희는 이 비슷한 말을 했던 것 같았다. 그땐 그냥 흘려버렸었는데…… 내 이혼의 답이 비로소 나오는 것 같았다.

"그래, 불완전하지."

동희는 당연하다는 듯이 다지고는 운전하는 나를 한참 동안 멀거니 바라보았다. 어디서부터, 무엇부터 설명해야 할지 난감한 모양이었다. 그녀가 결국 천천히 말을 떼었다.

"결혼이 남녀 관계의 최종 골인점이자 만능 해결장으로 되어버린 건 지난 이백 년 동안의 일이야. 그 전에는 결혼이래봤자 남자가 여자를 부양하고 그저 아이를 낳는 정도의 의미였어. 제일 추앙받았던 것이 영혼과 영혼의 결합인데, 이건 남자들 사이에서만 이루어진다고 생각했지. 여자들에겐 영혼 같은 게 없다고 믿었으니까."

나는 그녀를 힐끗 바라보았다. 워드로 뭘 정리했다고 하더니 이렇게 유식할 수가 있나. 아마 자기 남자 친구를 위하여 논문 비슷한 것을 정리해준 게 아닌가 짐작되지만 인문학적인 식견 없이 살아온 내게는 그녀의 입에서 쏟아져 나오는 말들이 못 보던 보석들만큼 번쩍거렸다.

"지난 이백 년 동안에 우리 모두 이렇게 되었단 말이지……."

나는 중얼거렸다. 사실은 속으로 많이 놀라고 있었다. 이 모든 사실을 나는 짐작조차 못했던 것이다. 아니, 생각해보지도 않았었다. 그러나, 따져보니, 그럴 것도 같았다. 예수 시대에는 가축을 셀 때 여자도 같이 세었다는 말을 들었었다. 우리 할머니들도 지금 세대 여자들보다 대접을 못 받고 살았을 것이고, 그 전에는 더더욱 심했을 터였다.

내가 지금 지니고 있는 결혼에 대한 생각들이 불과 일이백 년 사이에 구축되었다는 것이 놀랍고도 새롭게 의식되었다. 그런 걸 그렇게 꼼짝 못하고 노예가 되어 끌려 다녔단 말인가. 어머니나 친척들은 물론 젊디젊은 나까지도. 아내가 축조한 철벽에 갇혀 감옥살이를 한 나날들이 끔찍하게 떠올랐다.

시흥 – 안산 간의 고속도로 진입 표지판이 나타났다. 나는 차를 오른쪽으로 붙였다. 이 길을 달리다가 서해안고속도로로 들어설 예정이었다.

톨게이트를 지나 안정적으로 속도를 잡았을 때에야 나는 그녀가 지나치게 조용하다는 것을 알았다.

"얘기 더 해봐. 심심하잖아. 아까 하던…… 그 뭐냐, 남자 여자 친구 맺는 얘기……."

"으응……."

그녀는 신이 나지 않는지 가만히 있었다.

"워드로 친 내용 또 얘기해봐. 난 그런 얘기 들으면 신기하단 말야."

"재미없을 텐데 뭘."

"얘기해보라니까. 상식 좀 넓히게."

"놀리지 마."

"놀리다니. 운전하는 사람 졸게 할 거야?"

"재롱 떨어줘?"

"그래, 마야니 뭐니 그런 기름기 있는 얘기 좀 해봐."

"으응, 이런 건 어때? 아리스토텔레스 알지? 그런 사람은…… 난 제대로 공부 안 해서 그런지는 몰라도 무척 훌륭한 사람이라고 무조건 생각했었는데, 요즘도 무슨 일만 있으면 그 사람 말이 얼마나 많이 인용돼? 그런데 그 사람도 자기와 비슷한 정신을 가진 남자에게만 애착을 느꼈더라? 우습지? 책을 읽다 보면 정말 우스운 게 많아."

"뭐 옛날 사람이니까……."

"그래, 몽테뉴조차 자기 아내하고의 우정이 완벽한 협정이 될 거라고 인정은 했지만 여자들의 영혼을 끝내 의심했어."

동희는 자기가 존경하는 모양인 그 두 철학자의 여성관에 어지간히 실망한 모양이었다. 그러나 나는 속으로 입을 딱 딱 벌리고 있었다. 입을 다물고 있을 때는 느낄 수 없지만 일단 입을 떼면 동희는 눈부셨다. 말의 내용도 내용이지만 스스럼없이 구사하는 단어들이 놀랍기 그지없었다. 아리스토텔레스, 몽테뉴…… 영혼, 협정…… 이제 어느 모로 보나 그녀를 '똥희'라고 얕볼 수는 없을 것 같았다. 이죽거릴 처지가 못 된다는 것을 나는 깊이 깨달았다. 그녀에게는 이미 그런 단어들이 일상어인 모양이었다. 멀티캡이니 발열량이니 해상도니 하는 말들이 내게 일상어인 것처럼. 내 주위에서는 형이상학적인 말이래봤자 '예술이야!' 하는 것 정도였다. 그것도 진짜로 쓰이는 것이 아니라 아주 꼴불견인 행동, 도저히 납득할 수 없는 행태, 최고로 어울리지 않는 대비 따위에 빗대어 쓰여서 누군가가 벚꽃 핀 윤중로를 지나며 '예술이야!' 했을 때는 간지럽기까지 했던 것이다. 사람은 자기 주위에 누가 있느냐가 정말 중요하다고 나는 생각한다. 동희 옆에는 나이 든 그 학자가 있었고, 그래서 그녀는 저렇게 비약해 다른 세계 속에 살고 있는 게 아니겠는가. 어쨌건 나는 그녀를 가운데 두고 그 남자와 경쟁해야 했다. 그러자면, 호랑이를 잡으려면, 미친 척 호랑이굴로 들어가지 않을 수 없었다. 들어가서, 거기에 뭐가 있는지 확실히 알아내야 했다.

"그러니까 그 두 사람 다 남존여비 사상가야?"

나는 막연하게 전략을 준비하며 바보처럼 물었다.

"남존여비 사상가? 말 참 재미있다."

동희가 큭큭댔다.

"말 타박하지 말고 얘기해봐. 난 그런 덴 무식하니까."

"그래, 모두들 그랬잖아. 그들뿐이 아니고. 니 말로 하니까 남존여비가 되네. 오랫동안 그렇게들 살아왔지. 그러다가 낭만주의자들이 나타난 거야. 그들은 사랑하는 남녀 사이에서도 영혼의 결합이 가능하다고 주장했어. 처음으로. 사람들이 웅성거리자 신이 난 로맨티스트들은 한 걸음 더 나아가 섹스가 영혼의 결합을 이루는 수단이라고 떠벌렸고 결혼한 뒤에도 섹스를 통해 계속 행복할 수 있다고 우겼어. 당시엔 아주 혁신적인 생각이었지."

"혁신적이었다고?"

"천지개벽할 만큼!"

그녀는 무료함에서 완전히 깨어난 듯, 목소리가 한 옥타브 올라가 있었다.

"뿐일 줄 알아? 그들은 이렇게 선언했어. 영혼의 결합이란 너무나 오묘해서 의사소통을 초월한다고!"

그녀가 내 놀람을 기대하고 나를 주시했다. 나도 눈을 크게 떠 보였다.

"의사소통을 초월한다는 거야! 얼마나 멋져? 이제 모든 건 획기적으로 달라졌지. 연인들은 서로 할말이 없어도 되었고, 그저 마주 바라보고 있거나, 손만 잡고 있으면 되었지. 사랑은 설명할 수 없는 것이 되었고, 이상화되었고, 신비스러운 환상으로 떠올랐어. 그래서, 가장 중요한…… 아마 사람과 사람 사이의 관계에서는 반드시 필요한…… 상대를 알아가는 과정이 무시되었어. 사랑은 누구나, 언제든 할 수 있는 것이 되었어."

"환상 때문에 과정이 무시된 거야, 응?"

나도 맞장구를 쳤다.

"그래. 거기다 사랑이 영원히 끝나지 않는다는 매혹적인 주장이 퍼져나가자 사랑에 대한 모든 전제 조건이 철폐되었어. 이건 인류가 해낸 발명 중 아마 가장 놀라운 발명일 거야. 사랑에는 아무 조건이 없다는 거. 기가 막힌 말이잖아? 지금 우리들도 모두 그걸 신봉하고 있으니까. 그렇지만 곧 문제가 생겨났지. 사랑이 불타고 있는 동안은 괜찮았지만 결혼을 해서 막상 생활을 시작하자 수많은 문제들이 생겨났어. 타인과 타인이 갑자기 살을 붙이고 같이 사는 거잖아. 갖은 치부를 다 보이며. 가사며, 경제적인 거며, 쌍방의 가족 관계며, 서로의 취향, 버릇 등 공동 생활에서 오는 스트레스가 넘쳐났지. 또 훈련을 안 거쳤으니까 당연히 의사소통이 어려웠어. 남자는 남자대로, 여자는 여자대로 상대방의 성에 대해 몰랐고, 서로의 개성에 대해서도 몰랐지. 안다고 해도 간단한 게 아니잖아. 기혼 남녀들은 헉헉대기 시작했어. 그들은 고민했고, 많은 해결책들을 궁리하고 또 궁리했어. 그러나 속 시원한 게 없었지. 사람들은 점차 사랑보다는 우정이 오래 가고 긴 세월 동안 우호적이라는 데 눈을 돌렸어. 그래서 우정과 사랑 가운데 어느 것이 더 남자와 여자를 결속시키느냐에 대한 긴긴 토론들이 생겨났어."

"그런 토론들도 하고 그랬어? 사람들이? 그런 게 책에 쓰여 있어?"

"아니. 책에 딱 이렇게 쓰여 있지는 않지. 내가 여러 가지를 종합해 사슬로 꿴 거야. 그렇지만 확실해."

"역사 속에서 사람들이 그런 고민까지 하고 그랬는지는 몰랐는데? 그냥 흘러 흘러 여기까지 온 줄 알았어."

"고민 안 한 분야가 어디 있겠니?"

"내가 아는 역사는 누가 누구에게 이기고 어느 나라가 어디를 쳐들어가고…… 그래서 정복하고 정복되는 국경의 변화였어. 그런 것만 역사책에 적혀 있는 줄 알았지."

"그런 게 적혀 있는 책도 있지. 아마 대부분은……."

"그래서? 어떻게 되었어?"

"뭐가?"

"우정하고 사랑 중 어떤 게 이겼어?"

"물론 사랑이 이겼지. 사람들이 그쪽 편을 들고 싶어했으니까. 사랑이 남녀 결속의 최우선 순위로 철통같이 자리잡은 거야. 섹스가 남녀 조화의 기본 바탕이라는 생각까지 더불어 받아들이자 모든 문제는 해결된 듯했지. 그렇지만 결혼 생활의 문제는 그대로 남아 있었어. 둘이 매일 붙어살고, 스트레스는 쌓이고, 갈등은 끊이질 않고…… 그 해결책으로 이젠 결혼과 우정을 아예 하나로 통합시키려는 노력들이 나타났어. 이건 얼마 안 된 일이야. 왜 미국 대통령 선거 때 대통령 후보자들이 부인 손을 잡고 연단에 나오잖아? 그런 것도 아마 그런 일련의 추구일 거야. 우리는 부부이면서 또한 동반자다, 하는 광고지. 의식 있는 사람들의 상당수가 얼마 전까지만 해도 자기 반려를 가까운 친구로 느꼈던 것 같애. 그렇지만 우정을 바탕으로 한 이 시험 결혼들은 모두 실패했어. 거의가 이혼으로 무너져버렸으니까."

"왜?"

"우정을 내세운 결혼들은 부분적인 해결밖에 못 해줬대. 왜냐하면 우정이 안으로만 작용했지 밖으로는 뻗어나가지 못했던 거지. 둘이 집 안에 오롯이 있을 때는 괜찮았어. 그렇지만 밖으로 나가면, 제삼자가 나타나면 저절로 위험해졌어. 질투의 바람이 슬쩍 불기만 해도 부부 관계가 흔들렸지. 부부 간의 우정은 진정한 우정이 아니라 둔화된, 아니 퇴색된 애정이었어. 강렬한 애정을 계속 유지할 수 없으니까 필요에 의해 우정이라고 이름만 바꿔 붙인 거지. 생각해봐, 질투를 느낀다면 그건 벌써 우정이 아니잖아?"

"그래서 뭐 어쨌다는 거야?"

나는 정신이 사나웠다. 운전을 하면서 들을 얘기가 아닌 것 같았다. 나는 이런 얘기를 들어본 적도, 토론한 적도 없었다.

"뒤집어 말하자면 배우자 아닌 이성과의 우정을 이룰 준비가 전혀 되어 있지 않았다는 거야. 그거 땜에 실패한 거지. 우정이

든 뭐든 안팎으로 작용할 때 비로소 완전한 거 아냐."

"안팎으로?"

"그래. 부부 간의 우정은 현재로선 불가능하다구. 무인도에 가서 자기 두 사람만 산다면 모를까."

" ? "

나는 다시 한 번 그녀를 힐끗 쳐다보았다.

"대안은 한 가지야. 지금 내가 해보려는 거. 배우자 아닌 이성과의 우정을 시도해보는 거. 다른 이성과의 우정은 여전히 의심스럽고 불가능하다고들 말하지만 나는 도전해보고 싶어. 그걸 이루면 부부 간의 우정도 가능해질 거야."

나는 머리를 빠르게 굴렸지만 그녀가 말하는 내용들이 모호하기만 했다.

"부부 간의 우정을 위해서 그런 이상한 걸 시도해본다는 거야?"

"그건 그것대로 장점이 있으니까 즐기면서…… 어쨌든 부부 간의 우정이 밖에 나와서도 온전히 작용하자면 제삼자의 개입을 용인해야만 해. 그게 바로 이성 친구고."

"그걸…… 그러니까 제삼자를…… 동성의 친구로 하면 안 돼? 여자는 여자 친구, 남자는 남자 친구……."

"안 되지. 그건 오히려 불안한 상대야. 내가 내 여자 친구를 남편 앞에 세우면 오히려 그들 사이에 애정이 싹틀 여지가 있는걸? 내 친구가 아니라 연적이 되는 거지."

"그런가?"

뺑뺑이를 탄 듯 머리가 빙글빙글 돌았다.

"동성의 친구도 사귀기 쉬운 건 아니잖아. 깊숙이 나를 드러내는 관계로는. 너는 어때? 남자들은 서로 사귀기 쉬워?"

"몰라. 난 아무 생각도 안 해봤어. 친구는 이미 다 정해져 있잖아."

"자꾸 사귀어야 할 사람이 생기지 않아? 남자들은 사회적인 성취를 위해 특히 더 그런 것 같던데?"

"글쎄…… 어쩌다 자연스럽게 가까워지면 술 한잔씩 하고, 괜찮으면 또 만나기도 하고…… 넌 어때? 여자들이랑?"

"솔직히 말하면 난 여자들에게 징크스가 있어. 이상하게도 여자들과 쉽게 친해지지 못해."

서평택을 지나고 있었다. 오른쪽으로 푸른 물이 휙휙 지나갔다. 그녀가 물을 바라보며 덧붙였다.

"내 쪽에서 공을 들여도 금방 허물어져버리고 말아."

그녀는 시무룩해져 있었다.

"물론 내 탓일 거야. 어렸을 때의 상처들 때문인지 뭐 때문인지 몰라도…… 나를 훨씬 더 아프게 한 쪽은 항상 여자애들이거든. 남자애들이 쿡쿡 찌르고 가버리면 끝끝내 가루가 날 때까지 날 짓밟았지. 그러면서 쾌감을 느끼는 것 같았어. 여자들이 여자들을 더 괴롭혀. 남자한테 당한 것을, 강자한테 당한 폭력을 같은 여자한테, 약자한테 푸는 거야. 나도 알아. 여자들 사이의 우정이 풍요롭고도 강렬할 수 있다는 것을. 그런 걸 들춰내고 증명한 글들도 많이 읽었어. 그런데 그게 나한텐 어렵다는 거야. 여자들 사이의 우정도 좋은 점만 있는 게 아니고……."

"어떤 점이 나빠?"

"남자들의 우정은 함께 행동하는 거라며? 그러면서도 서로의 속내들은 잘 나누지 않는다지? 그렇지만 여자들은 친밀함과 감정을 나누고, 자기가 열중하는 문제를 속속들이 터놓고 얘기해. 섬세하게 양쪽에서 만들어가는 공예품 같다고나 할까. 그래서 더 어려워. 너무 밀착되면 중심이 기울지. 한쪽이 다른 한쪽한테 자극받아 우울증에 걸리기도 하고, 반대로 한쪽이 심리적으로 지나치게 의존하게 되기도 해. 둘 다 비극이지. 내가 보아온 우정 중 아마 반 정도가 서로에게 득이 되었을 거야. 나머지는 에너지의 낭비였어. 친구가 없는 게 두려워서 그저 참고 견디는 정도지. 애인이 있거나 남편이 있는 여자들도 자기 애인이나 남편에게 모든 걸 털어놓고 싶지만 그가 들으려 하지 않기 때문에 할 수 없이 여자 친구 쪽으로 향해. 꿩 대신 닭이야. 진실성이 약하다구. 상황이 변하면 언제든 제 남자 곁으로 돌아가. 그게 여자들 사이의 우정이야."

"남자들은 그렇지는 않은데……."

나는 나와 내 친구들을 생각했다. 여자 친구가 생기면 어딘가 달라지기는 했지만 달팽이처럼 그렇게 쪼르륵 제 집으로 들어가 버리곤 하지는 않았다. 대체로 서로에게 무덤덤했지만, 그렇기 때문에 여자들보다는 변화가 없는 것 같았다.

"듣고 보니 그런 것 같네."

"내가 연구 분석 종합한 바로는 그래."

그녀의 어투에는 시종일관 확신이 배어 있었다.

"그렇다고 해서 너처럼 의도적으로 색다른 친구를 사귀려는 건 좀……."

나는 그녀를 곁눈질하며 익살스럽게 웃었다.

"물론 이상하게 되었지. 특히 너한테는. 그렇지만 아무리 궁리해도 확실한 대상이 없어서…… 결혼한 다음에는 기회가 적을 것 같고……."

그녀도 멋쩍게 웃었다.

"위험해 보여."

"뭐가?"

"니가 추구하는 세계가."

"위험하다고? 그렇지 않아. 니가 몰라서 그래. 아까 얘기하다 그만뒀는데 아프리카의 어떤 종족 얘기를 했었지? 남자와 여자가 쌍을 이루어 평생 밀접한 우정을 맺는다는…… 내 기억이 확실하다면 아마 카메룬의 방와족이거나 가나의 은제마족일 거야. 그 사람들은 배우자말고 다른 이성 친구를 누구나 평생 가져. 관습적으로. 그런데 어떤 줄 알아? 여자들은 자기의 이성 친구와 같이 있을 때는 평소에 다른 남자들 앞에서 취하던 가식적인 태도를 풀고 서로 농담하고 솔직하게 말하고 심지어 식사까지 같이 해. 이들 풍습에서는 남자와 여자가, 특히 남편과 아내가 식사를 같이 할 수 없거든. 이 이성 친구들은 각기 결혼하고 나서도 편안한 우정을 계속해. 그러다가 부부 사이에 불화나 싸움이 벌어지면 그걸 해결하기 위해 적극적으로 개입해. 질투 같은 건 하지 않아. 사회적으로 묵인돼 있으니까. 이상한 일은 절대로 안 벌어지지. 어때, 이상적이지 않아?"

"몰라. 상상이 안 돼."

"하긴…… 내가 너무 혼자만 앞서 갔나 보다. 넌 준비가 하나도 안 돼 있는데."

그녀가 입을 다물었다. 십 년 공사 도로아미타불이 됐다는 실망스런 얼굴이었다.

서해대교가 앞에 보였다. 나는 속도를 줄였다. 웬일인지 토요일인데도 차량이 많지 않았다. 다리를 반쯤 건너 휴게소로 들어갔다.


대교를 마저 건너 당진 인터체인지에서 국도로 내려섰다. 그녀는 말이 없었다. 나는 태안반도로 갈 요량으로 차를 서쪽으로 몰았다. 언젠가 가봤던 학암포라는 해안이 떠올랐다. 툭 트이지는 않았지만 조붓하고 아늑했었다. 연인이 있으면 같이 와보고 싶다고 생각했던 것 같다. 방파제 옆으로 검은 암석들이 기기묘묘하게 어우러져 있고, 그것을 울타리 삼아 횟집이 있었다. 가능하다면, 거기에 가서 저녁을 먹고 싶었다.

나는 시계를 보며 액셀러레이터를 밟았다. 해가 많이 길어졌을 텐데도 벌써 석양이 지고 있었다. 그녀의 얼굴에 지는 해가 오렌지빛으로 비껴들었다. 어디로 가는 거야? 언제 돌아갈 거야?라고 묻지 않는 그녀가 마음에 걸렸으나 작전상 이 기회를 틈

타 서울에서 빨리 멀어지는 수밖에 없었다.

　태안에서 길표를 따라 학암포로 향했다.

　농촌의 들밭 위로 저녁 이내가 부드럽게 내려앉고 있었다. 나는 차창을 내렸다. 숨을 깊이 들이쉬며 바람소리에 감각을 맡겼다. 윙 윙 거친 바람이 맹수의 앞발처럼 얼굴이며 목덜미를 후려쳤다. 그녀의 머리카락이 사납게 휘날렸다. 그래도 그녀는 가만히 있었다. 나는 창유리를 살그머니 올렸다. 바람이 잦아들고, 다시 차내가 조용해졌다. 둔중한 엔진 소리만이 귀를 가득 채웠다.

　저수지를 지나 야트막한 산길을 휘돌아 학암포에 이르렀다.

　"배고프지?"

　기억 속에 있던 횟집을 찾아 마당에 차를 대며 내가 물었다. 그녀가 지친 듯 고개를 끄덕였다.

　"아직도 기분 나빠?"

　횟집 방에 앉고 나서, 나는 그녀의 눈치를 살폈다.

　"아니. 왜 그런 말을 해?"

　오히려 그녀가 나를 바라보았다.

　"내가 니 말 못 알아들어서 실망한 거였잖아?"

　"아냐. 내 자신에 대해서 생각하고 있었어."

　"……"

나는 뭔가 말을 만들어내려고 했지만 분위기를 띄울 말이 떠오르지 않았다. 말주변이 없는 나를 자책하면서 젓가락을 들어 상 하나 가득 늘어놓인 반찬들을 집적거렸다.

커다란 접시에 우럭회가 나왔다. 나는 아주머니에게 소주를 청했다. 동희가, 어떻게 하려고 그러느냐는 눈길로 나를 빤히 쳐다보았다. 그러나 내가 재차 시키자 포기한 듯 가만히 있었다. 돌아간다면, 음주 운전이 될 터였다.

우리는 술잔을 부딪치며 '위하여!'라고 남들처럼 읊었다. 무엇을 위하여일까? 그녀를 위하여? 나를 위하여? 우리들의 앞날을 위하여? 그녀는 소주를 석 잔쯤 간간이 입술에 묻히듯 마셨다. 나머지는 내가 마셨는데, 이홉들이 소주 한 병을 비우자 적당한 취기가 나를 감쌌다. 우럭회는 제 고장의 것이라 기름기가 돌고 쫄깃했다. 더 취하고 싶지는 않았다. 꽃게탕이 나왔고, 우리는 그것을 뜨는 둥 마는 둥 바닷가로 나갔다.

그녀와 나란히 서서 어둠에 잠긴 바다를 바라보았다. 가슴 저 안에서 심장 뛰는 소리가 두근, 두근 들려왔다. 이상한 일이었다. 왜 마음이 떨리는지 모를 일이었다. 지금까지는 아무렇지도 않았는데, 마치 큰일을 앞둔 사람처럼, 나는 당황하고 있었다. 바닷물이 철썩이며 한 걸음 한 걸음 차 들어왔다. 밀물인 모양이었다. 우리는 모래사장으로, 둑으로 뒷걸음질치며 서서히 밀려났다. 한 시간쯤이나 그렇게 서 있었을까. 둑 위의 의자에 우리는 나란히 앉았다.

"『데이빗 코퍼필드』가 생각나. 이렇게 바다를 바라보고 있으니까."

나는 그 소설의 내용이 무엇인지 몰라 가만히 있었다. 찰스 디킨스가 썼다고만 기억하고 있었다. 시험 공부 때문에 중학교 적서부터 외웠던 것 같았다. 만화 같은 것으로 본 듯하기는 한데 『올리버 트위스트』와 내용이 뒤죽박죽 섞여 구분할 수가 없었다.

"『올리버 트위스트』는 마크 트웨인이 쓴 거야?"

"아니. 그것도 디킨스 작품이지. 마크 트웨인은 미국 사람 아냐. 『톰 소여의 모험』 뭐 그런 것 쓴 사람."

"그런 걸 다 읽었니?"

"디킨스를 오래오래 읽었어. 『두 도시 이야기』 『위대한 유산』 그런 것들도. 영국 하층민 사람들의 생활도 생활이지만 학대받는 아이들이 너무도 생생히 그려져 있잖아. 그걸 읽으면서 위안을 얻었던 것 같아. 영국 사람들은 무지무지하게 아이들을 때리고, 막 가두고, 굶기고, 팔아넘기고, 구걸시키고…… 우린 상상도 할 수 없잖아? 우린 이조 시대에도 안 그랬지? 그만큼 리얼한

서민문학이 없어서인지도 모르지만. 내 불행은 명함도 못 내밀겠더라구. 그런데도 그걸 겪는 아이들이 슬퍼하질 않아. 눈물을 질질 짠다거나 하는 장면은 거의 없고 오히려 굶고 매 맞으면서도 재미있게 살아가. 그게 신기했어. 데이빗 코퍼필드도 이렇게 바닷가에서 지난날을 두루두루 회상하면서 강해져야 한다고 결심하잖아. 바람 막 부는 바닷가에서 외투 깃을 세우고……."

나는 그녀의 어깨에 팔을 올리고 그녀가 알아차리지 못하도록 손가락으로 머리카락을 매만졌다. 외로움과 불행감이 일찍부터 문화나 문학에 접목됐나 보다 생각하면서.

내 마음은 여전히 떨렸고, 지척에 있는 그녀의 목덜미며 볼에 자꾸 마음의 입술이 가 닿았다. 나는 그녀의 상태를 잘 알 수 없었다. 왜 가만히 있는지, 왜 돌아가자고 조르지 않는지, 왜 아무것도 묻지 않는지…….

"불안해?"

나는 드디어 입을 뗐다.

그녀가 고개를 옆으로 흔들었다.

"왜 아무 말 안 하는 거야?"

"내가 너한테 요구한 게 있으니까…… 이 정도는 견뎌야 한다고 생각하고 있어."

"견디는 거야? 지금 견디고 있는 거야?"

"아니. 양보한다고나 할까."

"나에 대한 느낌이 좋다고 했지?"

"응."

"그 느낌을 믿어봐. 그 느낌만 가지고 나를 대해. 난 네가 원하는 우정이 뭔지 몰라. 안다고 해도 네가 원하는 대로 해줄 수 있을지도 의문이고. 단지 지금 나는 네가 필요해."

"어떻게?"

나는 그녀의 어깨를 조여 내 쪽으로 끌어당겼다. 그녀의 볼이 내 입술 바로 근처에 와 닿았다. 그녀가 얼굴만 돌리면, 입맞춤할 수 있는 자세였다.

"너 그 사람을 정말 사랑해서 결혼하려는 거야?"

"응."

"너한테서 느껴지는 것은 감정이 아니라 의지 같아."

"의지라고? 아냐."

"너한테 잘해줬으니까 의리 때문에 그러는 거 아냐?"

"아냐. 난 그 사람을 생각해서 결혼하려는 게 아니야. 내 장래 때문에, 오직 나를 생각해서 그와 함께 있고 싶은 거야. 평생을."

"장래란 말이지……."

나는 멀리 수평선을 바라보았다. 바닷물은 이제 모래 위에 남겼던 어제의 자국을 완전히 삼키고 검게 번쩍이며 넘실댔다.

"내가 너한테 이러는 건 감정이야. 난 모르겠어. 너처럼 모든 걸 따질 수가 없어."

"니가 나한테 원하는 게 뭐야? 내가 어떻게 해야 해?

"가만히 있어. 내 옆에. 그냥 이렇게……."

"밤새도록?"

"난, 너를 안고 싶어. 너하고 자고 싶어."

"그런 거라면…… 여자는 얼마든지 있잖아? 왜 하필 나야?"

"난 너하고 자고 싶어."

"애인도 있고 다른 여자들도 있을 거 아냐. 마음만 먹으면. 하다못해 돈을 주고라도 여자를 살 수 있잖아?"

"난 너하고 자고 싶어. 여자는 많아. 그런데 너하고 자고 싶다구. 니가 아까 아프리카의 무슨 종족 얘기를 하면서 그 이성 친구들 간에는 밥을 같이 먹는다고 했지? 그 종족에서는 남자와 여자가 밥을 같이 먹을 수 없는데 말야. 심지어 남편과 아내도 같이 식사를 할 수 없다고 했잖아. 그렇다면…… 니가 나한테 그런 특별한 관계를 요구하는 거라면…… 나하고 같이 자줘. 그 사람들한테 밥을 같이 먹는 것이 우리가 섹스를 하는 것과 다르지 않을 것 같애. 그렇잖아?"

"……."

그녀는 내 논리에 몰려 가만히 있었다. 나는 그녀의 볼에 입술을 댔다. 눈이 녹듯이 내 입술이 뜨겁게 녹았다. 나는 그녀의 귀를, 머리칼을, 눈썹을 어루만지고 얼굴을 끌어당겨 키스를 했다. 그녀는 내가 하자는 대로 가만히 있었다. 그러나 반응해오지는 않았다. 나는 나를 제어하지 못하고 그녀의 손을 꽉 잡고 일어서서 근처의 여관으로 갔다. 방 안에 들어서서, 다시 그녀의 얼굴을 마주 잡고 입을 맞추며 블라우스 단추를 열었다. 그때에야 그녀가 내 손을 잡으며 내 얼굴을 정면으로 바라봤다.

"난 이럴 때 어떻게 하는지 잘 몰라. 만나자마자 자보거나 그러지는 않았거든."

그녀가 두어 걸음 뒤로 물러나 벽에 기대섰다.

"내가 이상하게 굴어도 이해해줘. 난 네 애인은 아니니까."

각오가 돼 있다는 말이었다. 그 말이, 난 네 애인은 아니니까, 하는 그 말이 폭발물에 기름을 부었다. 나는 사정없이 흥분해서 그녀의 몸 곳곳에서 작열했다. 내 애인이 아니라고? 끝끝내, 이 순간까지 그렇단 말이지? 어디 두고 보자, 네가 나를 기필코 사랑하게 만들고야 말 거야. 절절하게 사랑해서 한 번만 만나달라

고, 한 번만 안아달라고 사정사정하게 만들겠어, 내가 어디 쉽게
만나주나 봐라 하는 마음이 불타는 손길이 되어 그녀의 몸을 샅
샅이 더듬었다. 그녀의 입술은 떨고 있었고, 가슴이며 엉덩이에
소름이 돋아 있었다. 나는 그녀의 얼굴을, 가슴을, 배를, 복부를
미친 듯이 쓰다듬고 애무하고 입맞추며 핥았다. 그녀의 입에서
낮은 탄성이 새어나왔다. 나는 부들부들 떠는 그녀를 내 몸 아래
에 눕혔다. 그녀의 몸 속에 내 몸을 밀어넣고 그녀의 눈 속을 들
여다보며 천천히 피스톤을 가동시켰다. 그녀가 내 머리를 감싸
안았다. 의식이 아무리 어떠해도, 그녀는 생리적으로 여자였다.
나는 지금까지 익혀온 모든 기술과 역량을 동원해 그녀에게 불
꽃 세례를 퍼부었다. 희열에 들뜬 눈동자가 서산에 해 넘어가듯
이 뒤로 넘어가면서 그녀의 상체가 떠올라왔다. 나는 그 상체에
다시 입술을 댔다. 우리는 한데 어우러져 꿈결같이 계곡을 거슬
러 올라갔다. 맨 위 웅덩이에서 맹렬하게 맴을 돌던 우리는 한순
간에 용처럼 날아올랐다. 그녀의 몸에 십여 차례의 경련이 왔고,
나는 그 조임을 즐기며 느긋하게 사정했다. 완전했다. 지금까지
이렇게 완전한 성행위는 처음이었다. 우리는 나른함 속에서 몸
을 포갠 채 곤충처럼 서로를 부둥켜안고 누워 있었다. 그녀의 심
장 소리가 툭 툭 들려왔다. 나는 비로소 그녀가 내게 처음부터

끝까지 성의를 다했다는 것을 알았다. 그녀는 나를 돕고자, 내가 원하는 데에 이르게 하고자 성심 전력을 다해 자신을 불태웠다. 아내나 아영이처럼 무슨 큰 선심을 베풀 듯이 몸뚱이를 내놓고 기다린 것이 아니었다. 나는 그녀의 얼굴이며 머리칼을 정겹게 쓸어준 뒤 일어났다. 매끈하고 아름다운 몸이었다. 옷을 입지 못하게 하고서, 나는 한동안 그녀의 몸을 내려다보았다.

# 학의 비상

내 예상은 빗나갔다.

그 순간이 그렇게 완전했건만, 동희는 내 여자로 돌아서지 않았다.

나는 아무래도 여자를 알 수가 없다.

나는 적어도 동희가 나를 몸으로 원할 줄 알았다. 아직 전적으로 원하지는 않더라도 어딘가 연연해할 줄 알았다. 완벽한 합일의 순간이 그녀와 내게 뭔가를 만들어주리라고 기대했었다. 남녀 관계에서는 육체로 우선 잡아놓는 것이 뭐니 뭐니 해도 최상책이라고 믿어왔었다. 그런 식으로 확실히 내게 묶어두고서, 그녀의 애인과 싸움을 벌일 작정이었다.

그러나 싸움조차 필요치 않게 되었다.

이튿날 여관을 나왔을 때, 그녀는 곧바로 이렇게 말했다.

"역시 네 말이 맞나 봐. 마음이 가벼워. 정말로 친구라면 금기시되는 것도 이렇게 해줄 수 있는 거야. 어느 한쪽이 절실히 원하고 또 그것을 필요로 한다면. 네가 배가 고파서 헐떡이며 돌아다닌다고 생각해봐. 나는 먹을 걸 줄 거야. 줄 수 있다면. 네가옷이 없어서 추운데 헐벗고 다녀봐. 나는 옷을 사줄 거야. 사줄수 있다면. 네가 지금 아내도 도망가고 없고 애인과도 그저 그렇고 어쨌든 절실히 나를 안고 싶어했으니 내가 안겨준 거야. 나는안겨줄 수 있었으니까. 우리들의 우정을 위해서. 내 몸에 병이라도 있다든지 했으면 불가능했겠지. 그렇지 않아서 다행이야."

그녀가 나를 흔쾌하게 쳐다봤다. 너도 그럴 거지? 하는 눈으로. 가슴이 철렁 내려앉고 있었다. 나른하게 힘이 빠졌다.

음식점에 마주 앉아 아침상을 받았다.

가슴 안쪽에서 슬픔 같은 것이 밀려 올라왔다. 외로웠고, 괴로웠다. 나는 역시 혼자였다. 그녀는 내 손이 닿지 않는 곳에 고고하게 피어 있었다. 내가 원하는 대상으로는. 오직 친구라는 이름으로만 내 가까이에 있었다.

"내가 하나도 안 좋아?"

모래알 같은 밥을 목구멍으로 밀어 넘기며 나는 물었다. 애써 그녀를 쳐다보지 않았다. 하룻밤에 만리장성을 쌓는다더니, 어젯밤 일은 다 어떻게 되었단 말인가.

"좋지. 내 친군데. 네가 내 친구여서 정말 좋아."

그녀는 양쪽을 다 얻은 듯, 양손에 떡을 든 듯 만족해했다.

수저를 내려놓고 나는 창 밖의 해안선을 멍하니 바라보았다. 오묘한 형상으로 돌출해 나간 땅덩어리가 섬처럼 바다 한쪽에 떠 있었다. 날기 직전의 거대한 새처럼 그것은 깃을 탄력 있게 오므리고 발을 구르는 것 같았다. 아마도 상공으로 곧 날아오를 모양이었다. 학암포…… 여기에 공연히 왔는지도 몰랐다.

욕심이, 욕망이, 욕구가 스러지지 않고 스믈스믈 내 가슴을 휘돌았다. 나는 그녀의 얼굴을 똑바로 마주 보았다. 떠오르는 햇살이 그녀의 얼굴을 분홍빛으로 물들이고 있었다. 잠을 잘 못 자 부풀어오른 눈꺼풀이 안쓰러웠다. 거기에 저절로 입술이 가 닿으려고 했다. 어떻게 해서든, 수단 방법을 가리지 않고 그녀를 내 것으로 만들고 싶었다. 그녀의 입장이야 어떻든, 그녀의 원이야 어떻든 내 감정이 뜨거우니까 무조건 그녀를 차지하고 싶었다. 그렇게 된다면, 처음에는 반발하겠지만, 두고두고 잘해주면 희망이 있는 게 아닐까…… 그녀하고라면 정말 이 세상을 잘 살아나갈 수 있을 것 같았다. 재미있고도, 오순도순, 서로를 몰아대지 않으며 살 수 있을 것 같았다.

염려되는 것은, 좋은 말로 양해를 구할 때 그녀가 이렇게 협조적이지 억지 방법을 쓰면 결코 따라오지 않으리라는 사실이었다. 그녀는 녹록치 않았고, 강인했다. 아마 세상 어느 여자보다 강할 것이었다.

어젯밤, 또 지금, 그리고 만날 때마다, 전화했을 때마다 내게 성의를 다하던 그녀의 모습이 상기되었다. 어젯밤에는 앙가슴에 땀이 흥건히 고이고 숨을 헐떡이면서도 나를 위해 온갖 노력과 정성을 다해주었다. 그런 그녀를 생각하자 내 욕심만을 채우기가 미안해졌다. 나도 그녀가 원하는 것을 해주어야 하리라는 각오가 양심처럼 돋아났다. 그 양심을 어쩌지 못할 것 같았다.

우리는 음식점을 나가 바닷가를 거닐었다. 아직 이른 시각이었다. 갈매기가 끼익 끼익 소리를 내며 날아갔다.

그녀는 내 팔짱을 끼고 퀘이커 교도 얘기를 했다. 혼성 우정의 성공적인 예가 바로 퀘이커 교도의 '프렌드회'라는 것이다. 남자 여자가 우정을 지속하고 지속해 두 커플, 세 커플로 넓혀나가 동아리를 만들고, 동아리들이 모여 큰 동아리를 만들고, 그들이 국제사면위원회며 사형폐지론, 무료 의료보장제도, 남녀평등 헌법

수정안 같은 것들을 만들어냈다고 한다. 정말 그럴까? 나는 그녀의 말을 한 귀로 듣고 한 귀로 흘리고 있었다. 그녀가 신이 나서 지껄이면 지껄일수록 내 마음은 허전해졌다.

"야, 그런 걸 여자 남자의 우정이 만들어냈다고 할 수 있니?"

나는 한마디 던졌다.

"사실이야. 니가 몰라서 그렇지 사실이야."

"프렌드회가 뭘 만들어냈는지는 모르지만 네가 열거한 그런 것들은 남자끼리도 여자끼리도 할 수 있는 일이지."

"아냐. 남자끼리는 권력 지향적인 걸 만들어내. 여자들끼리는 크고 넓은 것을 못 만들어내. 그렇게 선하고도 큰 것들은 혼성 우정이 만들어낸 거라니까!"

"난 네 말에 동의할 수 없어."

"이거 봐. 넌 이걸 못 느껴? 너와 나 사이엔 이렇게 생기가 있잖아? 동성끼리의 단조로움과는 조금 다르다고 생각 안 해? 이성 친구 사이에는 확실히 활력 같은 게 있어. 오래 만나도 그렇단 말야. 동성 친구 사이에서는 결코 맛볼 수 없는 특별한 거야. 이런 생기나 활력이, 남녀 사이의 믿음직스런 우정이 아주 색다른 아이디어와 힘을 유발시키는 것 같아. 혼자서는 시도할 수 없는 것들을 탐색하게 하고 탐험하게 한다구. 사람들의 관계 조합

중 이 조합을 무시하면 안 돼. 발전적인 근거를 잃는 거라니까."

그녀는 답답해서 죽겠다는 얼굴이었다.

"너, 사회교육센터에서 강의하냐?"

나는 핀잔을 주었다. 그러나 그녀가 하는 말에는 일리가 있었다. 잘 새겨보면 다 옳은 말 같기도 했다.

그녀는 계속해서 구시렁댔다. 사람들의 모든 관계 중에서 이성 사이의 우정이야말로 우리가 개발해야 할 다음 단계의 기술이라나. 물론 여러 여건이 성숙해야 한다고 했다. 남자와 여자가 서로 평등하다는 것을 인정하고, 동시에 또 서로 다르다는 것을 인정한 다음, 각자의 마음을 열어야 한다는 것이다.

나는 그녀의 말을 외면해버렸다. 소리로 듣는 것도 싫어 콧노래를 흥얼거렸다. 라라라라라 라 라 라…… 그린 데이의 〈타임 오브 유어 라이프〉였다. 나는 그 노래를 몇 소절 허밍했다.

"사람의 마음도 두뇌처럼 훈련받을 필요가 있다니까!"

그녀가 나를 훈련시키겠다는 듯이 짓궂게 부르짖었다. 나는 웃었다. 허허, 허허, 허허…….

동희가 달라질 기미란 조금도 없었다. 그녀는 지금 자기 남자와의 결합을 완전하게 이루기 위해, 그 결혼 생활을 만족스럽게 이끌기 위해 내 우정을 필요로 하고 있었다. 그래서 이 유래 없는 희대의 우정을 시험하고 있는 거였다. 그녀의 지론대로라면, 바깥에서의 나하고의 혼성 우정이 성공해야만 자기들 결혼 속의 우정도 풍성해지고 완전해진다는 것이다.

뭐가 어떻게 된다는 것인지 나는 아직도 알 수가 없다.

어쨌든, 그녀는 나와 잠까지 함께 잤으므로, 향후 자기 남편과의 사이에서 성적인 문제가 발생하더라도 나한테 와서 허심탄회하게 의논할 수 있으리라. 아마 나는 실습 차원에서까지 구체적으로 조언을 해줄 수도 있을 것이었다. 성적인 문제가 이러하니다른 문제는 문제도 되지 않을 터였다. 나는 그녀와 그녀의 남편사이에서 평생 중간 역할을 할지도 몰랐다. 오누이처럼 그녀 곁에 붙어 다니며. 그 남자가 나의 존재를 인정하기만 한다면.

어떻게 해야 할까?

동희를 이대로 친구로 두어야 할까? 내 마음이 뜨거우니 내사랑을 이루어야 할까? 아니면 내 친구 게이를 소개해주어야 할까?

거대한 학이 곧 날아갈 것처럼 발을 구르며 나를 쏘아보고 있었다.

작품 해설 | 체리브라썸, 그 텅 빈 충만함에 대하여

공임순(문학평론가)

　　성 전통은 우리가 '성'이라고 알고 있는 일원적인 구조물을 물려
주었다. 그리고 최근 수년간, 성을 둘러싼 허위적 주장들이 틈이 가
기 시작했고, 그 주장들의 미심쩍은 본질이 만천하에 드러나기 시
작했으며, 그 억압적 효과들이 폭로되었다. 지금이야말로 개인적
욕구와 갈망에 대해, 그리고 그것을 만족시킬 수 있는 사회적 방책
에 대해 재고할 때이다. ― 제프리 윅스

## 아주 미운 오리새끼의 귀환

　　얼마 전 후배가 들려준 이야기가 생각난다. 물론 술자리 농담

이다. 40대, 50대, 60대 여자의 차이점. 40대 여자는 쌍꺼풀 수술을 하나 안 하나, 50대 여자는 화장을 하나 안 하나, 60대 여자는 산 여자나 죽은 여자나 똑같다. (후배는 다른 판본도 내게 들려주었다. 20대에서 80대 여자를 총망라한 이야기가 인터넷 사이트에 올라와 있는데, 여기에서는 80대가 60대를 대신한다. 말이란, 특히 저잣거리의 음담패설이란, 사람들의 입에서 입으로 전해져 그 기원과 원천이 지워지기 십상이다. 그리고 점점 더 증폭되어 수많은 이본들이 만들어진다. 이 이야기도 그런 변형과 굴절을 겪었음 직하다) 술자리의 음담패설쯤으로 돌리고, 후배와 한바탕 웃고 말았지만, 뒷맛은 씁쓸하기 그지없었다. 내 의지와는 상관없이, 이 볼썽사나운(?) 나이에 진입해야 한다는 두려움과 거부감이 의외로 엄청난 충격이었던 모양이다.

현대 사회에서 나이는 추함과 죽음의 표식이 된 지 오래다. 특히 여자에게 있어서 나이는 무성無性의 위협을 동반한다. 여성으로서의 모든 성적 매력은 사라지고, 다만 축 처진 살과 주름만이 시간의 경과를 말해줄 뿐이다. 노화된 육체는 더 이상 '정상적인' 성적 매력을 발산하지 못한다. 젊음, 건강, 아름다움이 절대선이 되는 사회에서, 나이는 죄악 그 자체일 수밖에 없다. 물론 현대 사회만이 나이를 죄악시하지는 않았을 테다.

〈나라야마 부시코〉라는 영화를 보면, 69세는 삶과 죽음의 분기점이 된다. 69세가 되면, 그들은 나라야마라는 죽음의 골짜기로 옮겨가야만 한다. 예외는 없다. 한 마을의 구성원으로서 '당연한' 삶의 권리가 박탈당하는 나이, 살아도 산 것이 아닌 나이가 바로 69세다. 일종의 한국판 고려장으로서, 정상과 비정상, 합법과 비합법의 문화적이고 심리적인 금기의 장벽은 69를 기준으로 나누어진다. 그러고 보면, 삶을 유지하고 지속할 자격과 지위는 자연적인 기질도, 생물학적 본성도 아니다. 69세의 나이에 튼튼한 치아와 왕성한 식욕은 이들에게 낯설고 섬뜩한 것이다. 사회적 합의와 규범이 삶과 죽음을 가르고, 삶으로부터 죽음을 강제로 접수한다. 건강한 치아를 일부러 부러뜨리는 자해自害 장면은 그래서 더욱 공포스럽다. 살아 있으면서도 죽어야 하는 것, 아니 죽음으로 침잠해 들어가는 이 장면에서 자발성과 강제성, 순응과 복종의 경계는 참으로 모호하기만 하다. 육체적 본능은 사회적 시선과 분리되지 않는다. 사회적 시선이 육체의 형태와 양식을 주조하고, 늙음이라는 거스를 수 없는 육체적 징표가 이런 사회적 시선을 정당화하고 합법화한다. 육체와 사회적 시선은 서로 뗄 수 없는 하나가 된다.

그럼에도 〈나라야먀 부시코〉의 세계는 죽음이 인간의 생존과

직결되어 있다는 점에서 낭만적 비극성을 띠고 있다. 그곳은 성과 식욕에 충실하다. 그 외의 다른 예법이나 절차는 모조리 무시된다. 인간의 기본적인 본능으로서의 성욕은 동물과 인간, 세대와 세대 간의 모든 장벽을 가볍게 뛰어넘는다. 종과 세대의 형식적 분리와 간극은 인간의 본능 앞에서는 그야말로 거추장스러운 것이다. 사드의 '모든 존재와의 보편적 매춘'이 실제로 실현되는 이 세계는 혼종과 난교의 카니발리즘을 적나라하게 펼쳐 보인다. 본능의 자유로운 분출이 형식적 예의와 규범을 낯설게 하는 이곳에서 죽음은 곧 삶이다. 아니 삶은 죽음과 지척에 놓여 있다. 먹을 것이 절대적으로 부족한 사회에서 죽음은 삶을 영속시키는 수단이자, 군입을 하나라도 줄이려는 생존의 절박한 몸짓에 다름 아니기 때문이다.

이것은 마르쿠제의 표현대로라면 기본 억압이다. 인간의 공동 생존에 필수적인 본능의 억압이 기본 억압이라면, 여기에 부가적인 조정과 수정을 거치는 것이 과잉 억압이라고 할 수 있다. 특정한 지배 체제의 존속과 보호에 동원되는 이 과잉 억압은 때로 기본 억압과 뒤엉켜 있어서, 구분하기가 쉽지만은 않다. 가령 냄새와 맛이 대표적이다. 인간의 직립 생활에 뒤따르는 후각의 퇴화는 기본 억압이지만, 육체적이고 물리적인 쾌락의 직접성을 금지하는 것은 사회적 지배와 통제의 산물이다. 기본 억압과 교묘히 결부된 과잉 억압은 신체의 성감대에 작용하는 쾌락의 자유로운 방출을 허용하지 않는다. 특히 노동의 생산성이 제일의 적 가치로 추구되는 사회에서는 더욱 그렇다. 승화되지 않는 냄새와 맛은 무분별한 성적 쾌락의 주범으로, 낭비와 소모의 대상으로 낙인찍혀 감금되고 만다. 이른바 효율성과 청결함의 생산적 교환 체계에서, 냄새와 맛은 더럽고 불결한 것이다. 그것은 아름답고 고상하지 않다. 아름답고 고상한 것은 시각과 같은 승화된 쾌락 혹은 걸러진 육체성이다. 냄새와 맛을 과잉 억압한 사회가 결국 되돌려받게 되는 것은 이 승화된 쾌락의 과도하고 병리적인 탐닉과 집착뿐이다. 억압된 욕망은 승화된 쾌락의 주위에 달라붙어 우글거린다. 억압은 병리를, 승화는 도착을 부르는 형국이다. 그 둘의 경계는 그래서 언제나 불안정하다.

작가 이청해는 이런 억압과 도착의 아슬아슬한 줄타기에 그 누구보다 예민한 촉수를 내민다. 그녀는 고상함 속에 악취를, 저속함 속에 숭고를 동시에 들여다본다. 위엄은 타락이며, 죄악은 곧 신성이다. 근엄하고 엄숙한 얼굴로, 성도덕 혹은 성윤리를 앞세우는 사회에서, 사람들은 타인을 뒤지고 조사하며 발가벗기는 데 여념이 없다. 윤리는 외설로, 단죄는 추문으로, 살의와 증오가 독버섯처럼 자라난다. 그것도 그럴듯하고 허울좋은 명분으로, 서로를 폭로하고 비방하는 집단 가학증의 시대인 것이다. 감춰진 이면을 번뜩이는 눈길로 캐내고 파헤쳐 비난과 악담을 퍼부어대는 것, 이것이 과잉 억압된 '울타리 안'의 성윤리 혹은 성도덕의 실체다.

그녀의 소설이 사소하고 비루한 일상에서 현실의 심층을 파고드는 날카로운 비판력을 담보할 수 있는 것도 여기에 힘입은 바 크다. 『아비뇽의 여자들』에서 『숭어』, 그리고 신작 『체리브라썸』에 이르기까지 그녀는 인간관계의 불구성을 때로 냉혹할 정도로 적시한다. 그녀는 섣부른 낙관도 절망도 하지 않는다. "바로 옆의 사람들이 티끌만한 그녀의 일에도 공연히 열을 내고 신경을 곤두세우며, 세속적인 흥미로 인해 입에 거품을 물고, 그 얘기를 여기저기에 하고 또 하며, 소문을 덮는 듯하면서도 실상은 그 소문을 은밀히 퍼뜨린"다는 사실을, "나보다 더 나은 구석을 못 참아하는"(「거지타령」, 『숭어』, 민음사) 사람들의 비뚤어진 열등감과 외설성이 사람살이의 핵심임을 그녀는 너무나 잘 알고 있기 때문이다.

『체리브라썸』은 도덕과 윤리의 가면 뒤에 은폐된 집단적 가학증에 과감히 도전한다. 인간관계의 잔혹한 이면을 드러내는 동시에 감싸안음으로써, 그녀는 안의 살의와 적의에 날것으로 대면하는 위험을 무릅쓴다. 파괴와 죽음이 아닌 배려와 보살핌으로 날것의 썩어 문드러진 상처를 더듬고 치유하는 그녀의 아린 손길에서, 생은 새로운 세계로의 도약을 예비한다. 그녀의 소설이 만일 여성/사(her/story)로서의 면모를 지니고 있다면, 여성의 친밀성으로 안의 거짓을 응시하고 대안적 관계 맺음을 꿈꾸는 그녀의 강렬한 바람이 빚어낸 다양한 삶의 무늬들 때문이다. 분리와 구분, 억압과 소외를 가로질러, 새로운 관계 지향적 공간은 오랜 남성/사(his/story)의 사이 공간에서 남성/사를 전복하고 교란한다. 그 충돌과 균열의 한가운데서, 그녀의 소설은 시작된다. 아주 미운 오리새끼의 동화로.

## 이성애적 유혹과 보호자로서의 남성

이 소설의 주인공은 동희와 나다. 서술자이자 주인공인 나의 동창생이 동희고, 나는 거의 20여 년 만에 반창회에서 그녀를 처음 만났다. 20여 년 만에 나타난 동희는 우리를 모두 놀라게 한다. 미운 오리새끼였던 '똥희'가 아름다운 백조가 되어 있었던 것이다. "백육십 센티미터가 좀 넘을 듯한 알맞은 키에 곱게 빠진 체격, 부드러운 느낌의 롱헤어"의 멋지고 세련된 동희의 등장은 우리들 사이에 기묘한 파장을 불러일으킨다. 더러운 머리와 불어터진 손매로 늘상 잠만 자대던 그녀가 이런 아름다운 백조로 변해 있으리라고는 아무도 상상하지 못했다. 현실은 상상을 배신한다. 가장 못나고 한심한 인간이었던 동희가 화사한 멋쟁이로 되돌아오는 파격적 위반을 현실은 때로 보여준다. 그런데 인간의 기억은 달라지기를 거부한다. 현실보다 더 질기고 무서운 것이 인간의 기억이고 상상이다. 그들은 과거에 동희를 '똥희', '금똥'으로 불렀고, 그녀는 그래서 똥희, 금똥일 뿐이다. 그들 중 어느 누구도 이 고착된 기억에서 벗어나기를 원하지 않는다.

한 인간의 육체적 현존은 집단이 명명한 이름짓기의 과정과 더불어 탄생한다. 늙은 꽃뱀 선생이 동희를 '똥희', '금똥'으로 부르자, 그녀는 '똥희', '금똥'이 되었다. 물론 그들도 여기에 적극적으로 참여했다. '똥희', '금똥'은 그녀의 존재를 나타내는 유일한 표지로 그녀의 육체에 덧씌워진다. "모든 법칙이 우리의 몸 위에 각인되어지는 사회 구조 속에서, 몸의 각인 작업 자체가 어떤 정체성들은 받아들일 만한 것으로, 나머지 다른 정체성들은 그렇지 않은 것으로 받아들여지는"(수잔 베넷, 「정체성 살펴보기」,

『섹슈얼리티와 대중사회』, 동인) 사회적 시선의 길들이기에 의해 그녀는 '똥희'로서 위치지워진 것이다. 사회적 시선이 그녀의 육체를 '똥희'로 조형할 뿐만 아니라, 그녀의 이른바 '예외적인' 육체가 이런 사회적 시선을 정당화하고 합법화한다. 육체와 사회적 시선은 분리되지 않는다. 서로의 공모 속에 그녀는 잔혹한 놀림의 대상으로, 집단의 가학적 배출구로 그들의 어린 시절 한때에 성큼 들어서 있다.

　나 역시 이 기억과 미망에서 자유롭지 않기는 마찬가지다. 그녀가 아름다운 백조로 나타난 그 놀라움의 순간에도, 나는 동희의 어깨를 자연스럽게 잡는다. 어느 누구에게도 잘 하지 않던 행동을 동희에게 서슴없이 할 수 있다는 것 자체가, 현재에 미치는 과거의 끈질긴 집착과 굴레를 말해주고도 남음이 있다. 커리어 우먼 동희에게서 과거 '바보덩신', '똥희'의 흔적을 찾아 헤매는 나의 집요한 눈빛은, 동희의 일거수일투족을 감시하고 관찰한다. 과거부터 현재까지 그녀의 전부를 파헤쳐 발가벗기려는 나의 이 빈틈없는 시선이야말로 과거의 비대칭적이고 불평등한 관계를 반복하고 재확인하고 싶은 나의 은폐된 무의식에 다름 아니다.

　나의 시선에 걸러진 그녀의 육체성은 투명하고, 투명한 만큼

명료하다. 그녀의 육체가 독해 가능한 일련의 코드들로 변환될 때, 나는 그녀를 소유하고 독점할 수 있다. 과거의 동희가 똥희라는 단 하나의 이름으로 호명됨으로써 지배와 통제의 대상이 될 수 있었던 것처럼. 내부의 열등감을 견딜 만한 다른 대상에게 전이시켜 안의 모순과 갈등을 봉합하고 포장하는 이런 집단적 가학증은 그들에게 낯선 것이 아니다. 그들은 어린 시절 '늙은 꽃뱀'에게서 그것을 이미 익혔고, 그들 역시 늙은 꽃뱀의 공격목표가 되지 않기 위해, 자발적인 순응과 동조를 표했던 바다. 여기에는 물론 일종의 죄의식도 존재한다. 그러나 죄의식은 안의 특권 의식과 동시적 상관물이라는 점에서, 그 둘은 다르지 않다. 특권 의식이 죄의식을 부르고, 죄의식이 매번 그의 위치를 재확증하는 심리적 기제가 된다. 내가 동희의 변화를 진정으로 받아들일 수 없는 이유도 이 특권 의식에서 연유된 바 크다.

나는 동희의 소위 사회적 성공을 인정할 수가 없다. 그것은 나와 동희의 이자 관계에서 일어날 법하지 않는 일이다. 나뿐만 아니라 꽃뱀의 공모자였던 반 친구들에게도 이는 예기치 않은 반란이다. 우리라는 울타리 안에, 동희는 다만 이방인으로 존재했을 따름이다. 그들이 동희를 밖으로 내치던 순간부터, 동희는 우리와는 '다른' 그 무엇이었기 때문이다. 금똥이든, 똥희이든, 그것을 규정지을 수 있는 주체는 우리이지, 동희가 아니다. 따라서 동희가 독립적이고 자율적인 인간으로 그들 앞에 섰다는 사실 자체가 그들로서는 선뜻 수긍할 수 없는 혁명적 사건이 된다.

그들은 동희의 출현이 불편하고 낯설다. 동희는 예전의 동희가 아니고, 우리 역시 동희를 예전처럼 규정지을 수 없다. 새로운 인식의 전환이 필요한 것이다. 타자는 내 인식의 근거이자 토대이다. 타자를 경유함으로써 나의 정체성은 구성된다. 그들은 동희가 아니라는 부정 의식만으로, 우리가 될 수 있었다. 동희가 이 지정된 자리를 거부하자, 그들의 소속감도 바닥을 드러낸다. 나와 반 친구들의 소속감이란 기실 이처럼 허약한 것이다. 동희라는 타자에 기댄 그들의 동질성은 일견 강고하지만 한없이 가볍다. 타자의 기습과 침입에 의해 언제든 무너질 수 있는 것이 그들의 우정이고 친분이다. 삶의 허방과 미망이 따로 없다. 관계의 소중함을 알기 전에, 소유하고 독점하는 법부터 배운 그들이 '만들어가는' 관계의 오랜 기다림과 보살핌을 알 리가 만무하다. 그들은 모른다. 한 번도 경험하지 못했는데, 모르는 것은 당연하다.

이 소설이 나를 서술자로 내세운 전략은 이런 점에서 대단히 성공적이다. 나는 소유와 독점의 인간관계에 철저히 훈육되고 길들여진다. 내적 식민화는 동희가 아니라, 바로 나 자신이다. 타자를 소유하지 않으면 소유당하고, 지배하지 않으면 지배당하는 소유와 독점의 교환 체계에서, 나 역시 안전하지 않기는 마찬가지다. 배신과 처벌의 가능성이 항상 나를 따라다닌다. 조금의 빈틈만 보여도 치고 들어와 나를 지배하고 종속하며, 주는 것만큼 받고자 하는 것이 이 교환 체계의 철칙이다. 경제적 이해 타산과 맞물린 인간관계의 폭압성은 어디를 막론하고 모든 곳에 관철된다. 남편 없이 홀로 자식을 키운 어머니에게 나는 대리 충족물이며, 아내에게는 신분 상승의 통과점이다. 나의 사용 가치는 딱 그만큼이다. 하루아침에 쓰레기 신세로 추락할 수도 있고, 적당한 남편감으로 격상할 수도 있다. 이 가격 협상에 따라, 그들의 인간관계도 결정난다. 아내는 내게 이런 냉혹한 생존 원리를 가르쳐주고 떠났다. 아내의 배신만큼이나 어머니의 집착도 나의 숨통을 조인다. 29년 동안 나라는 존재는 '뒷다리가 ㄴ자로 굽은' 개와 하등 다를 바 없다. "집 뒤 그늘에 개집을 놔두고 거기에 그냥 매놓은", 그래서 "평생토록. 허구한 날 한 뼘밖에 안 되는 줄에 매여 뒷다리를 굽히고 앉아 있다 보니 뒷다리가 'ㄴ' 자로 영영 굽은" 개는 주어진 자리를 삶의 전부인 양 살아온 내 자신의 음화이자 반영이다. 기능이 퇴화해버려 앞으로 한 발자

국도 못 나가는, 길이 있어도 떠나지 못하는 불구와 기형의 존재 형상들. 이 절망적이고 파괴적인 현장에서, 내가 떠올리는 사람은 다른 누구도 아닌 노란 수선화, 동희다.

동희는 도발적인 아름다움을 과시하던 동백꽃 같은 화려한 아내와도, 내 현재 정황에 대해 촉각을 곤두세우며, 나를 걱정해주는 척, 이해해주는 척하지만 기실 내게서 눈곱만한 문제점이라도 찾아내려고 더듬이를 버르적거리는 숱한 여자들과도 아주 다르다. 그녀는 남의 허점을 찾아내어 스스로의 결핍과 불만을 대리 충족하는 집단적 가학증, 그것도 특히 시각의 도착적 외설성에 무관심하다. '보이는 것'이 '아는 것'이자, 'eye/I'인 승화된 쾌락의 온갖 탐닉은 동희의 평범한 아름다움이 자아내는 생의 에네르기 앞에 그 거짓과 위선의 탈을 벗는다. 동백꽃 같은 관능적인 도발성을 전시하던 아내의 육체는 '시각의 차가운 유혹'(보드리야르, 『섹스의 황도』, 솔)에 불과하다. 순간적이고 즉각적인 만족, 동백꽃 꼭지의 꽃물에 의해 언제든 더럽혀지고 망쳐질 수 있는 한때의 오르가슴이 전부다. 아내의 동백꽃 같은 강렬함은 잡초 사이 돌 틈에 뿌리내린 수선화의 가녀리지만 힘찬 생의 약동과 비교할 수 없다. 가장 못난 천덕꾸러기 동희가 수선화의 숭고함으로 되살아나는 이 지점에서, 생은 때로 놀랄 만한 역전을 연출한다. 미와 추는 동전의 양면이고, 미 속에 추가, 추 속에 미가 공존하는 것이 인생이다. 다만 사회적 합의와 규범이 미와 추를 나누고 분류하고 관리하고 배제하기 전에는.

동희는 편안하다. 그녀에게는 어린 시절 마당에 피워둔 아스라한 모깃불 같은 냄새가 스며들어 있다. 다른 사람이 결코 갖지 못한 그녀만의 이런 독특한 향취는 정감에서 우러난다. 그녀는 인간 간의 결속과 유대감이 어떤 것인지를 나에게 일깨워줌으로써, 나를 서서히 변화시킨다. 물론 문제가 간단치만은 않다. 이성애적 교환 경제에서, 여성은 항상 이분화된다. 집 안의 여자/집 밖의 매춘부, 아내/애인이 그것이다. 안전과 신망, 성적 자유와 모험을 기준으로 여성은 서로를 배제하는 적대적 관계로 돌입할 수밖에 없는 것이 이성애적(남근적) 일부일처제다. 나는 동희를 '여자' 친구로 삼고 싶어한다. 친구보다 '여자'에 방점이 놓여지는 여자 친구를 만들고 싶은 나의 욕구는 낭만적 사랑의 그럴듯한 휘장을 두른 채 남성의 지배와 여성의 분리를 은폐하고 정당화할 수 있다. 집 밖의 여자가 성적 자유와 모험의 낭만적 대상으로 찬미되고 고양되는 그 순간, 집 안의 여자는 한없이 누추해지고 비속해진다. 동희의 숭배는 곧바로 아내/(이전 애인)아영의 추락과 맞물리는 것이다. 나를 중심으로, 집 안/집 밖의 여자가 서로 대립하는 격이다.

여성이 여성을 증오하고 불신하는 이런 위험은 소설 곳곳에 잔존한다. 미운 오리새끼가 아름다운 백조가 되어 귀환했을 때, 이 귀환에 가장 적대적인 사람은 여자 동창생이었다. 여자들끼리의 반목과 적대는 이런 이분화된 성구조하에서는 피할 수 없는 것이다. 그녀가 여성들끼리의 연대와 결속보다, 이성의 친구에게 더 많은 공감을 표시하는 것 자체가 이런 이분화된 성구조를 반복하고 재현하는 것처럼 보이는 것도 사실이다.

그녀는 남성 중심의 성윤리에 정면으로 날아오르기를 망설인다. 리치가 강압적 이성애성이라고 부른, 이른바 남성을 매개로 한 이성애적 일부일처제는 당연한 것으로 전제된다. 게이인 남자 친구를 소개해달라는 그녀의 부탁에서, 얼핏 다원화된 가족 관계에 대한 인식과 성찰이 엿보이긴 한다. 그러나 남자 친구와의 형제애적 우정은 결국 남편(애인)과의 안전한 결혼 생활로 수렴되고 만다. "자기 연인의 오해를 살 염려도 없고. 연인이나 배우자의 질투가 이성의 친구 사이에서는 가장 큰 적"이 되는 현실에서, 이를 해결하는 수단으로 선택된 것이 게이와의 우정이기 때문이다. 편리하고 손쉬운 방편이라는 혐의를 지울 수 없는 이유가 여기에 있다.

이런 균열과 충돌은 남편(혹은 남편이 될 애인)과의 단일한 접촉만을 강요하는 이성애적 교환 경제에서 여성이 처할 수밖에 없는 자기 한계 지점으로 다가온다. 이성애적 유혹의 그림자는 늘 그녀를 옭아맨다. 그녀는 거칠고 횡포한 아버지에게서 어떤 사랑과 보호도 받지 못했다. 어머니는 그녀의 인생에서 부재하며, 어머니의 자리를 대신해온 보호자는 이 소설에 등장하고 있지 않지만 심층에서 그녀를 견인하고 있는 그녀의 (장래) 남편이다. 그녀의 비참하고 불행한 어린 시절을 모두 지켜준 그는 그녀의 말 그대로 그녀의 '화안한' 창이다. 출생이나 환경, 누추한 과거까지도 포용하는 그를 통해, 그녀는 독립적이고 자율적인 인간으로 성장할 수 있었다. 세상을 '읽는' 방식을 그녀에게 가르쳐준 그가 그녀의 아버지/율법이 되는 것은 그래서 너무나 당연하다. 잔혹한 놀림의 미운 오리새끼는 든든한 원조자인 그를 만남으로써 아름다운 백조로 거듭날 수 있었던 것이다.

남자 정신분석가와 히스테리 여자 환자의 담론처럼, 그녀는 담론의 권위자인 그에 의지해 자신의 상처를 치유해나간다. 그녀의 성숙은 그와의 연대와 결속이 필수적이다. 그녀의 지향점이 그를 향해 있는 한, 여성들 간의 자매애적 동맹이나 유대의 가능성은 멀어만 보인다. 그녀의 최종 수신지는 남편이든 남자 친구든 항상 남성이다. 남성의 승인과 인정이 그녀의 정체성을 형성하는 궁극적인 지반이 된다면, 그녀의 모색과 실험은 또다시 이성애적 교환 경제의 덫에 빠져들 여지가 다분하다. 복수의 주체는 서로가 서로에게 말을 거는 것이다. 여성이 여성에게, 여성이 남성에게 서로 말을 걸 수 있을 때, 새로운 관계 맺음의 공간도 구축될 수 있다. 나에서 너로 나아가는 도정은 이처럼 남성/사(his/tory)의 이성애적 제도에서 참으로 지난한 것이다. "동희를 이대로 친구로 두어야 할까? 내 마음이 뜨거우니 내 사랑을 이루어야 할까? 아니면 내 친구 게이를 소개해주어야 할까?"라는 나의 갈등과 고뇌는 "자기 남자와의 결합을 완전하게 이루기 위해, 그 결혼 생활을 만족스럽게 이끌기" 위한 그녀의 양가적 욕망을 정직하게 반영한다. 체제의 안에서 안정된 결혼 생활은 물론이거니와 충족되지 않는 결핍과 불만을 남자 친구를 통해 해소하려는 이 이성애적 시선의 이율배반성이야말로 나를 그녀에게 밀착시키는 동인으로 작용하기 때문이다.

그녀가 남성들의 시선을 끊임없이 의식하고 남성들의 시선으로 자신을 바라보는 한, 그녀가 말하는 남/녀의 성차性差 없는 형제애는 여전히 추상적인 관념으로 머무를 뿐이다. 관념이 아닌 실천의 장은 이런 이성애적 일부일처제의 안팎을 넘나드는 존재의 전환과 결단을 필요로 한다. 억압받는 자의 소외와 열등감이 타자를 향한 가학적 충동으로 분출되는 과잉 억압의 사회에서, 이 직접적인 당사자는 남성이기보다 그녀를 포함한 이웃의 여성들이다. 여성이 남성과 동등한 인간으로 설 그때, 그녀가 소망하는 남자 친구와의 진정한 동료애도 가능하다. 남자/여자, 아내/매춘부, 아내/애인의 이항대립적 틀 안에서, 그녀가 점할 수 있는 다른 주체-위치는 어디에도 없다. 하여 그녀는 아직 미운 오리새끼로 남아야 한다. 안에 안주하기보다 바깥으로의 비상과 초월을 꿈꾸는 아주 미운 오리새끼로.


## 체리브라썸, 그 텅 빈 충만함으로


직업병인가 보다. 애초에 생각했던 것보다, 원고량이 초과되고 말았다. 성에 대한 공적인 침묵과 사적인 범람의 이중 구조는 과잉 억압된 사회의 한 단면이다. 이런 과잉 억압된 사회의 이중적 성규범과 성의식을 그녀의 소설에서 이끌어내고 싶은 나의 과도한 욕심이, 소설을 본래 의도와는 다른 쪽으로 몰고 간 것은 아닌지 무척 걱정스럽다. 이번 글은 그만큼 쓰기가 힘들었다. 서론을 몇 번이나 고쳐 썼음에도 불구하고, 흡족하지 않기는 마찬가지다. 부채 의식을 한편에 접어두고, 마지막으로 독자들이 제기할 법한 의문에 답하는 방식으로 이 글을 끝맺어야 할 것 같다.

왜 체리브라썸인가. 체리브라썸은 어떤 의미를 함축하고 있는가. 체리브라썸에 대한 묘사는 소설에서 딱 한 번 등장한다. 나와 동희의 만남에서, 동희가 마시는 칵테일의 이름이 바로 체리브라썸이다. 체리브라썸은 브랜디에 체리액과 다른 여러 가지를 섞은 것이다. 체리브라썸의 부드럽고 은은한 맛은 동희의 정겹고 따뜻한 울림이다. 체리브라썸과 동희가 서로 교차하는 장면이 그러하거니와 서서히 젖어드는 체리브라썸의 부드럽고 은은한 맛은 잔잔하게 퍼져가는 동희의 허여성과 포용성을 상징적으로 대변한다.

체리브라썸이 사람과 사람 간의 장벽을 한순간 허무는 것처럼, 배려와 존중의 여성적 윤리는 남자와 여자, 세대와 세대, 종과 종 사이의 모든 분리와 차별을 가로지르고 무너뜨린다. 선과 악, 옳고 그름의 잣대로 사람과 사람을 나누고 배척하는 집단 편 가르기가 아닌 다름과 차이, 겸손과 책임, 열락과 희열의 새로운 타자에의 윤리가 그녀를 통해 피어오른다. 우리네 삶의 희망과

구원은 이처럼 아주 사소한 것에서 시작될지 모른다. 아주 하잘
것없지만 서로 모여 빛을 발하고 생을 약동케 하는 그것, 그 텅
빈 충만함으로 융합과 포용의 아름다운 날개를 펼치는 체리브라
썸의 그것일지도.